魔法のリミット

真崎ひかる

幻冬舎ルチル文庫

CONTENTS ✦目次✦

魔法のリミット

✦イラスト・相葉キョウコ

✦カバーデザイン＝久保宏夏（omochi design）

✦ブックデザイン＝まるか工房

魔法のリミット

《一》

「では、失礼します」

「うむ。残り二ヵ月、これまでのように研究所に入り浸るのではなく、『霧島《きりしま》』の継承者として相応《ふさわ》しくあるべく努めるように」

「……はい」

ソファに深々と腰かけた父親に頭を下げた周防《すおう》は、応接室を出て自室へ向かう。

絨毯《じゅうたん》敷きの長い廊下の途中、足を止めて窓ガラスに手を触れて、ふっと小さく息をついた。

大きな窓からは、目にまぶしいくらい青々とした葉が茂っている大樹が見て取れる。広大な庭は、個人宅の庭と聞いて連想する規模のものではない。

このあたり一帯は、第二次世界大戦後に宅地として造成されるまで、植物が生い茂る小さな山だった。少し離れたところにある建て売り住宅が並ぶ土地も、土地の利権は『霧島』が所有している。

その山の一部を切り開いて建てられた西洋風の邸宅は、かつて『霧島家』の保養地として使用されていたらしい。三代ほど前の当主が、植物採取に都合がいいからと都心から移住してきて以来、周防も妹もここで生まれ育ち……今ではすっかり霧島家の邸宅として定着している。

正門から車寄せに繋《つな》がる小道の脇には、完璧な手入れが施された芝生が敷き詰められている。ただ、鍵付きの温室がある裏庭は、人の手が入っていない場所も多く……小川が注ぎ込む池には鯉《こい》やアヒルが遊泳しており、野生のタヌキやイタチが姿を現すこともある。前庭から裏庭までくまなく散策しようと思ったら、二時間あまりかかるだろう。

「……お兄様」

「ああ……久し振りだな、小夜香《さやか》」

声のしたほうに顔を向けた周防は、そこに立つ妹の姿を目に留めて微笑を浮かべた。

住民票ではここに住んでいることになっていても、普段の周防はほとんど自宅にいない。勤めている研究施設での仕事に没頭して仮眠室で寝泊まりする日々が多く、四、五日続けて帰宅しないということもざらにある。

そのせいで、こうして妹と顔を合わせるのは随分と久し振りだ。

「お父様のお話、終わられた？」

「ああ」

どんな用件で父親に呼び出されたのか、予想できるのだろう。妹は、小首を傾《かし》げて周防に尋ねてくる。

「……ねえ、お兄様。本当にいいの？」

「いいの、とは？」

どんな意味を含んだ問いなのか図りかねた周防は、怪訝《けげん》な思いを表情に滲《にじ》ませているはずだ。

妹は目を逸《そ》らしてなにやら逡巡《しゅんじゅん》していたが、思いきったように顔を上げて周防と視線を絡ませた。

「このまま、お父様の跡を継いで……。お兄様、研究が楽しいと仰っていたでしょう？　やり残したことはありませんの？　最後のチャンスだと思いませんか？」

「やり残したこと？　ないな。……三十になると同時に『霧島』を継ぐのは、わかっていたことだ」

研究に、未練があるというのは事実だ。

ただ、これまでのように思う存分没頭するのが不可能なだけで、すべてを取り上げられることはないだろう。

三十の誕生日を機に、生まれる前から決められていた許嫁《いいなずけ》と婚姻を結び、父親の事業を含む『霧島』のすべてを引き継ぐ。

伝統ある『霧島』という家の長男として生を受けたからには、そうして自分が継承することは当然だと思っている。

「でも、お兄様……これをご覧になったことがあって？」

「……なんだ、映画か？　鑑賞したことはないな」

妹が差し出したＤＶＤのパッケージに視線を落として、かぶりを振る。名作と言われている古い映画だ。こちらに向かって微笑《ほほえ》むモノクロ写真の往年の女優は美しく、気品と風格を備えている。

教養のひとつとして、タイトルとあらすじは知っていても、ロマンチックなラブロマンスを自ら進んで鑑賞するような情緒は持ち合わせていない。

将来的に『霧島』にとって不要と見なされるものは、周防自身が望むと望まざるとに関係なく周囲が排除してきたのだ。

「お時間のある時に、一度、鑑賞なさればいいわ。……っ、失礼します」

ふと周防の背後に目を向けた妹は、キュッと表情を引き締めて頭を下げると、たっぷりとしたロングスカートの裾《すそ》を翻した。

自分の背後になにを見たのか……不審に思い、振り向いた周防の目に自分付きのサポート役の姿が映る。

八歳上の笹岡宗一《ささおかそういち》は、大学を卒業すると同時に霧島家で勤め始めた。生まれながらに『霧島』を背負っている自分と同じく、代々霧島家へ仕えることが定められている家系の人間なのだ。

二十一世紀の現代において、時代錯誤とも言える取り決めを疑問に感じたことがあるかどうか、尋ねたことはない。

ただ、少なくとも周防には、初対面の席で『あなたに仕えることができて光栄です』と深々と頭を下げた。

当時十四歳だった周防に、主君として敬う言動で接してきたのだ。以来、その言葉を疑う余地もない仕事ぶりだ。周防も、有能な秘書であり身の回りの世話を担ってくれている笹岡には、全幅の信頼を置いている。

「周防様。小夜香様からなにか……？」

笹岡は、妹が立ち去ったほうへと目を向けて低く尋ねてくる。周防の妹とはいえ、彼と小夜香が接触することは普段ほとんどない。直接言葉を交わすことさえ、年に数回あるかないか……だろう。

周防は訝《いぶか》しげな笹岡に苦笑して、首を左右に振って答えた。

「ただの挨拶だ。父の用は済んだ。私は研究所へ戻る」

「はい。お車をご用意いたします」

誤魔化した周防を追及することなく、目礼を残して背中を向ける。

……どうということはないものなのに、咄嗟《とっさ》に身体《からだ》の後ろに隠してしまった。

笹岡の姿が完全に見えなくなってから、手の中に握り締めた『ローマの休日』のパッケージを見下ろして……小さなため息をついた。

深夜。入浴を終えてベッドに入る直前になって、小夜香に差し出されたＤＶＤを思い出した。

思いついて鑑賞し始めると、主演の女優は愛らしく……物語もシンプルで他愛ないものながら目が離せなくなり、気がつけば最後まで楽しんでしまった。

ＤＶＤプレイヤーからディスクを取り出した周防は、銀色に光を弾く円盤を見下ろしてポツリとつぶやく。

「なるほど。名作……か」

長くそう呼ばれるには、相応の理由があるということか。

つかの間の自由を求めた王女が、身分を隠して街に出て……彼女にとっては、大冒険だったに違いない。

「責任感の強い聡明な女性と取るか、結局はなにもかも捨てられるほどの想いではなかったと取るか……」

籠から出て広い世界を知った彼女は、仄《ほの》かな恋心を胸の内に秘め、自ら籠に戻ることを選択した。

さて、その行動の真意はどちらにあるのか……首を捻《ひね》っても、周防には結論を出すことができない。

自分に、浪漫を解する情緒が欠けているということは、自覚している。

しかし、妹はなにを思ってこのＤＶＤを自分に寄越した？

彼女の思惑は、映画の王女より更に謎だ。

「まぁ、確かに……最後のチャンス、と言えなくはないか」

ある意味、自分も映画の中のアン王女と似通った立場だと言える。

背負うものは、『国』ほど重くはないけれど……『霧島』を継いでしまえば、これまでのように好き勝手に研究に没頭することは許されないし、自らの意思で選択できるものもほぼなくなる。

現在とて衣食住はもちろんのこと、新聞や雑誌、テレビ番組まで。定められたもの以外目にすることはない。当然、外出先も自由に決められない。でもそれは、物心ついた頃から当たり前のことだった。

「やり残したこと……？　自らの意思で、逢《あ》いたい人間も……特に……は」

自由に逢える人も、いない。

そう思いながら首を捻った直後、不意に一人の少年の姿が頭に浮かび、無言で目をしばたたかせる。

どうして、彼が……？

「あれは、嵩原《たかはら》植物園の……孫息子だったか」

確か、嵩原陽向《ひなた》。

自分というより『霧島』に必要ではない人物は、記憶に留める価値がない。けれど、スルリと記憶の引き出しから出てきた理由は……植物のバイオ研究に没頭する自分にとって植物園という結びつきの強い施設に関係する人物だから、だろうか。

出逢いは、数年前に遡る。

定期的に敷地内の手入れを委託している『霧島』お抱えの庭師が体調を崩してしまい、腕がよく信頼できる人物だということで代理として推挙されたのが、『嵩原植物園』の園長だったのだ。

その助手として伴われてきたのが、孫息子の嵩原陽向だ。

気難しそうな老人と、常に伏し目がちだった大人しい少年は、無駄口を叩《たた》くことなく黙々と作業を進めた。わずかながらも手を抜かず、かといって依頼した以上の余計な手を加えもせず……見事としか言いようのない有能な仕事ぶりだった。

周防は、彼らと特別な言葉を交わしたわけではない。

ただ、そう……自身の学生時代を思い出せば、周囲は誰も彼も気力と体力を持て余しているかのように賑《にぎ》やかだった。彼らと比較すれば、若者としては少し変わっているなと感じただけだ。

始終うつむきがちで祖父の手伝いに徹していた彼の目には、周防の姿など映っていなかったかもしれない。

軽い会釈一つで、まるで、そこに立ち並ぶ樹木の一部でも見るかのようにあっさり視線を逸らされたのだ。

誰もが一目置く名門と謳《うた》われる家柄に加え、どこにいても目を惹く際立った容姿であることは、幼少時から周囲に持て囃《はや》されてきたことで自覚している。それだけでなく、国賓クラスの人間の前に出ても臆することがないようにと教育されてきた立ち居振る舞いには絶大な存在感があり、相手に威圧感すら与えるらしい。

そんなふうに幼少時から注目されることに慣れていた周防にとって、彼の態度はある意味新鮮だった。あれほど綺麗《きれい》さっぱりと存在を無視されたことは、一度もなかった。

「そういえば、嵩原植物園の園長は亡くなっていたか」

彼の祖父の訃報は、周防のもとにも届いている。形式的なお悔やみを示し、彼亡き後に残された小さな植物園への資金援助も申し出たのだが。

「すげなく断られたんだった」

几帳面《きちょうめん》な字で、短く『せっかくのお申し出ですが、過ぎたる援助は不要です』とだけ記された手紙が戻ってきた。

大手財団の援助を得ているふうでもない、個人所有の植物園だ。どう考えても、金銭的に困窮しているはずなのだが……どうして突き返されるのか、手はずを整えていた笹岡も不思議そうだった。

他者からの施しを受ける気はないというプライドなのか、援助と引き換えに運営についても口を出されることになるかもしれないと警戒したのかは、定かではない。

「あの植物園は、まだあるのか……？」

そんな興味が湧き、窓際のデスクに置いてあるパソコンへ手を伸ばす。キーワードを打ち込むと、検索エンジンは即座に結果を示した。

公式な案内サイトは存在しないようだ。ただ、国内では『蒿原植物園』のみにしか存在しないという希少種がいくつかあるため、研究機関が公開しているレポートのＰＤＦや、マニアを自称する農学系大学の学生であろうブログなどがヒットした。

一番上にあるウェブページをクリックした周防は、マウスから手を離して腕を組む。

「なにも変わらず……か」

必要に駆られて、かつて一度だけ訪問したことがある。最近訪れたという人物のレポートによると、ここ十数年なにも変わっていないらしい。

柵を蔦《つた》が覆い、破れたままの金網も放置されている。植物園というより、まるで原生林のようだ……と。

冗談めかした一文と緑でいっぱいの画像が、モニターに映っていた。もっとも、その人物にとってはソレこそが『嵩原植物園』の魅力だ、ということだが。

周防は、モニターを見詰めたまま腕を組んでしばらく考えていたけれど、「よし」とうなずいてパソコンに背中を向けた。

やり残したこと。

やりたいこと。

自分が自由にできる、最後のチャンス。

……見つけた。

□□□

チラリと見下ろした腕時計の針は、そろそろ十二の位置でピタリと重なりそうだ。

ポツリと雨滴《あめしずく》が頰《ほお》に当たり、眉《まゆ》を顰《ひそ》めて夜空を見上げた。そうして睨《にら》んでいるあいだに雨脚が強くなり、傘を持たない周防に容赦なく降り注ぐ。

まぁ、いい。濡《ぬ》れたからといって、なにがどうなるわけでもない。

「少々寒いが、新鮮ではあるな」

こんなふうに雨に濡れるなど、どれくらいぶりだろう。子供の頃でさえ、自然現象を直に体感することはほとんどなかった。

学校の登下校は、運転手がハンドルを握る車での送迎だった。それ以外に用があって自宅の敷地を出る際には、突然の風雨にもさらされることのないよう、万全の備えを整えた誰かが必ず付き従っていたのだ。

高校時代も、放課後に連れ立って遊びに行く学友を横目に迎えの車に乗り込み、家庭教師の待つ自宅へ帰った。

その頃には、自分の置かれた環境が同年代の人間とはずいぶん違うようだと察してはいたけれど、疑問に思ったり不満を感じたりしたことはない。

幼少時から、父や祖父から『霧島』という家について言い聞かされてきたのだ。長男として生を受け、その跡取りとして自分が果たさなければならない重大な役割があるということは、自覚しているつもりだ。

すべてを継承するまで、残り二ヵ月。その期間の半分くらい、自分の好きに使ってもいいだろう。

笹岡を呼んで『計画』を語ると、珍しく眉根を寄せてなにやら思案していたが、「周防様のこと、なにかお考えがあっての行動でしょう」と、協力を約束してくれた。

整髪料で整える必要がないほど短く髪を切り、初めて身に着けるジーンズやカジュアルなシャツに袖《そで》を通し……別人になったみたいな軽快な気分だ。実際、普段の周防を知っている人間と逢っても気づかれないだろう。

周防自身でさえ、鏡に映る自分が学生のようで奇妙な感じだった。よく言えば若々しく、だが霧島の跡取りとしては、貫録がない。

けれど、今は少しだけ、彼女……身分を隠して街に出たアン王女の気分がわかる。

薄《う》っすらとした笑みを浮かべた周防は、自分が非日常を愉《たの》しんでいるという自覚のないまま、雨滴の伝い落ちる前髪をかき上げる。

「まだか」

小さくぼやいた直後、こちらへ向かって歩いてくる人影が目に入った。

ふらり……ふらり。

人影は、五メートルほど道幅のある道路を、左右に行ったり来たりしながらこちらへ向かってくる。道路脇に設《しつら》えられている街灯の下に差しかかったところで、その人物の容貌を視認することができた。

「彼、か」

周防の記憶にある『彼』は、三年ほど前の姿だが……あまり変わっていない。今は、二十三歳になっているはずだが、後になって成人していると知って驚いたあの頃のまま、未だに少年のようだ。

噂をすれば影が差すという言葉があるけれど、実体験することになるとは……諺《ことわざ》はバカにできない。しかし、こんな歩き方をしていたのでは、たった数メートル進むのにも時間がかかってしょうがないだろう。

もしかして、酔っ払っているのだろうか。

「あー……」

彼に逢えたら、どう声をかけるか。

いくつかのパターンはシミュレーションをしていたはずだが、相手が酔っ払っているという事態は想定していなかった。

「ぁ！」

さて、どうするべきか。ジッと見ながら悩んでいる周防の目の前で……その人物が派手に転んだ。

シン……と沈黙が広がる。

しとしと降り続く雨の下、地面に両手をついた彼がのろのろと身体を起こした。

「いてててて、転んじゃった」

派手に転んだことが照れ臭いのか、独り言をつぶやいてクスクス笑っている。

そこでようやく、二メートルほどの距離から言葉もなく見ている周防の存在に気づいたようだ。

ずれた眼鏡をかけ直して、不思議そうに首を傾げる。

「……ずぶ濡れだ。君も僕も、捨て犬みたいだね」

そんなふうに話しかけられた周防は、ハッとして目をしばたたかせた。

どう言い返そう。せっかく、あちらから声をかけてくれたのに……巧《うま》く切り返すことができない。

捨て犬。そうか、犬っ。

「あ、あの……犬、だからっ。私……じゃない、俺っ、三年前に陽向に助けてもらった犬なんだ。恩返しに来た」

メチャクチャだ。

周防は、頭の中で『なにを言っているんだ、私はっっ』と焦って口を噤《つぐ》む。

いかなる時も論理的に考えるよう教育され、自身でもそう心がけてきたのに、あり得ない失態だった。こんなふうにしどろもどろになること自体、初めてで……混乱が混乱を呼ぶ、負の連鎖に陥ってしまう。

続く言葉を失う周防に、彼は不思議そうに首を傾げた。

「ん……ん？」

どう返してくるか。

周防は、固唾《かたず》を呑《の》んで反応を待っていたのだが、

「そっかぁ。律儀だねぇ」

緊張感のない声でそう口にして、ふわんとした笑みを向けてくる。

……まさか、本当に犬だという説明に納得している？　そんなわけ、ない……よな？

コクンと喉《のど》を鳴らした周防は、彼の腕を引いて膝《ひざ》をついたままだった道路から立ち上がらせた。

「あの、俺、のこと……わかる？」

小声で尋ねた周防を、彼は十数センチ低い位置から見上げてくる。

仄かに届く淡い街灯の下、しばらく難しい顔で首を捻っていたけれど、「あ」と短く零《こぼ》して口を開いた。

「犬を助けたと言えば、三年くらい前……かな。じいちゃんと一緒に出張に行ったおっきなお屋敷の庭で、黒くてでっかい犬。犬種は、なんていったっけ……ボクサーだったかなぁ」

「そう！　その犬だ」

霧島の屋敷には、番犬を兼ねた大型犬を何頭か飼っている。

最新のセキュリティシステムを導入しているので、実際に番犬として訓練しているわけではなく、ほとんど愛犬家の妹のための愛玩犬だ。

それでも、巨大な犬が庭をうろついているだけで、侵入を目論む輩に対する牽制《けんせい》にはなっているはずだ。

その中の一頭、黒毛のボクサーはあの日、体調を崩して庭の隅で蹲《うずくま》っていた……らしい。家人は朝から姿の見えない犬を心配してはいたものの広大な庭の中で見つけることができなくて、いち早くグッタリした犬の存在に気づいたのが、祖父と共に庭の手入れに来ていた『彼』だったのだ。

「その、恩返しをするために……犬神様にお願いして、人間にしてもらったんだ！」

どう考えても、胡散臭《うさんくさ》い。こんなおとぎ話のようなこと、今時は小学生でも信じないだろう。

言い出した周防自身でさえそう思っているのに、

「……ふーん。っくしょん！」

笑うでもなく、真顔で曖昧《あいまい》にうなずいた彼は、不意に特大のくしゃみをして身体を震わせる。

降り続く雨の中をずっと歩いていたのか、頭から足元までずぶ濡れだ。そのせいで、体温が下がっているに違いない。

「うー……さむ……い。えっと、立ち話もなんだし……わざわざ僕を訪ねてきてくれたみたいだから、とりあえずウチに来る？」

そんな警戒心の欠片《かけら》もない誘い文句に、周防は言葉もなく目を瞠《みは》った。こちらにとっては、願ったり叶《かな》ったりの展開だ。

でも……いいのだろうか。

「…………」

躊躇《ちゅうちょ》する周防の腕を摑《つか》んだ彼は、

「ほら、ますます雨が強くなってきた。動いて」

そう言いながら周防の身体を反転させて、背中の真ん中に手のひらを押し当ててくる。薄いシャツ越しに手のぬくもりが伝わってきて、妙な心地だった。

「じ、じゃあ……遠慮なく」

グイグイと押された周防は、躊躇《ためら》いを捨てきれないまま、明かりの灯《とも》っていない真っ暗な家に向かって足を踏み出した。

「ええと、鍵……鍵、はどこだ」

ぶつぶつ言いながらズボンのポケットをあちこち探っていた陽向だが、ようやく見つけたらしい。

おぼつかない手つきで玄関を開けて、「どーぞ」と周防を見上げてくる。うなずいて玄関から廊下に一歩足を上げたところで、陽向が「あ」と口を開いた。

——なにか、ダメだったのか？

ビクッと動きを止めた周防に、なにを言うかと思えば……、

「靴っ、脱いで」

周防の足元を指差して、自分も履いている靴を脱ぐ。

目をしばたたかせた周防は、ようやく理解して靴から足を抜いた。

「あ、ああ……そうか」

うっかりしていた。霧島の屋敷は土足なのだが、一般家庭では玄関で靴を脱がなければいけないのだった。

靴を脱いで改めて廊下に上がった周防に、陽向は「そうそう」とうなずく。

「ワンコさんだと、仕方ないね。それにしても、僕もワンコさんもビショビショだ。服も、ここで脱いで」

そう続けると、鍵を探っていた時とおなじくらいおぼつかない手つきで、自分が着ているスーツの上着を脱ぎ落とす。もたもたとネクタイを解《ほど》く様子は、着慣れない服に四苦八苦しているようにしか見えない。

見かねた周防は、思わず手を伸ばして陽向のネクタイを解いた。

「あっ……ありがと。ワンコさんなのに、ネクタイの解き方を知っているなんて……すごいねぇ」

顔を上げた陽向は、周防に向かってふわりと笑みを浮かべる。肌の冷たさに反して頬がほ

んのりと紅潮しているのは、アルコールの作用だろうか。

自分に向けられた無防備な笑顔に、トクンと心臓が大きく高鳴った。

「……？」

周防は、不可解な動悸《どうき》に、自分の胸元を拳《こぶし》でトントンと叩いて首を傾げる。

どうして、こんなふうに……ドキドキしているのだろう。

「ワンコさんも、脱いでよ」

「わ、ワンコって名前じゃない。周防だ。霧島周防」

陽向を支えて廊下を歩きながら、ボソッと言葉を返す。

つい本名を口にしてしまった周防は、内心「しまった！」と焦ったが、陽向は「そっか」とだけつぶやいた。

霧島の名前だけなら、いくらなんでも国内最大手の製薬会社には結びつかないはずだ。でも、継承者であり現在は研究所で新薬開発に携わる自分のフルネームは、メディアに出たこともあるせいで、そこそこ世間に知られているはずで……。

なにより、陽向の祖父が健在だった頃に『嵩原植物園』に行ったこともあるし『霧島』の名前で資金援助の申し出を行ったのだ。陽向が、自分の名前を耳にしたことがないとは思えない。

息を詰めて、恐る恐る陽向を窺《うかが》い見ても、よろよろ廊下を歩く陽向が『霧島周防』の名前に驚いている様子はなかった。

まさか、本当に周防の身元に気づいていない？　それどころか、犬だという出鱈目《でたらめ》を信じている……とか。

酔っ払いとは、こういうものなのだろうか？

日常では泥酔レベルの酔っ払いと接することのない周防は、今の陽向の言動をどう受け止めればいいのか躊躇うばかりだ。

まぁ……気づかれていないのなら、それに越したことはない。

問題があるとすれば、咄嗟に「犬だ」と言ってしまったのは周防自身だけれど……「ワンコさん」と呼ばれ続けるのは、勘弁してほしいというところだ。

「周防って呼んでくれ」

「うん？　周防？　格好いい名前だね」

ストレートな称賛に、なにも答えられなかった。無難な、卒のない言葉を返すこともできない。

陽向は、今まで自分の周りにいた人たちとは、なんだか違う。なにが違うのか……までは、わからないけれど。

一室の襖《ふすま》を開けた陽向は、部屋の隅に畳んであった布団を広げておいて、中途半端に乱していた服を脱ぎ捨てる。

布団の脇にあったパジャマらしきものを身に着け、突っ立っている周防を振り向いた。

「着替え、僕のシャツでよければどうぞ」

差し出された真っ白なシャツは、洗剤の匂いがした。

よろよろしながらでも布団を敷いたり着替えたりするあたりからも、綺麗好きで几帳面な性格が想像できる。

「……小さい」

遠慮なく袖を通したシャツは、周防にはサイズが小さい。

仕方なくボタンを留めることを諦めて、羽織るだけにした。ズボンは……じっとりとして気持ち悪いけど、これを穿《は》いておくしかないか。

嘆息した周防は、パジャマに着替え終えた直後、力尽きたように畳に転がってしまった陽向の脇に膝をつく。

「陽向、せっかく布団を敷いたのに……畳の上で寝るな」

「ん……ん」

唸《うな》り声のようにかすかな声を漏らした陽向は、もぞもぞと周防の腰《こし》のあたりに抱きついてきた。無意識の行動なのかもしれないけれど、そんなふうにスキンシップを図られることのない周防は、ビクッと身体を強張《こわば》らせる。

自分の周りにいる人たちは、誰もが遠慮がちで……気安く触れてくることはない。外国からのゲストと握手や軽い抱擁を交わすことはあっても、こんな形での接触はまずないと言ってもいい。

戸惑う周防に気づかないのか、腰のところに抱きついたまま動きを止めている陽向は、ポツリとつぶやいた。

「……周防、あったかいな」

「ひ、陽向こそ」

腕を巻きつけられた腰、陽向が乗り上がっている腿《もも》からも……ほんのりと体温が伝わってくる。

「あ、眼鏡……かけたままだ」

そろりと手を伸ばした周防は、陽向の目元にある眼鏡を外した。レンズが割れてしまったら、怪我をする。

「……っ、陽向……？」

陽向の目尻に滲んでいるのは、涙？

それとも、前髪を伝った雨の雫《しずく》だろうか？

恐る恐る指の腹で水滴を拭《ぬぐ》うと、陽向は消え入りそうな声でなにか言った。

「……ぃ」

「え？」

寒い？　眠い？　……淋《さび》しい？

きちんと聞き取れなくて、もう一度なにか言ってくれるのを待ったけれど、陽向はもう口を開くことなく周防の腹に顔を埋《うず》めてしまった。

心臓が、ズキズキする。腹のところがあたたかくて、変な感じだ。

胸の奥に、不可解な種火が点《とも》っているみたいで……。

周防は、説明のつかない感情を抱えたまま布団の端に転がった。そうして動いても、陽向は完全に寝入っているのか、周防に抱きついたままだ。

陽向に逢おうと、思いつきを実行した。その目的は果たした。では、陽向に逢って、どうしたかったのか……。

笹岡の言うような『考え』があったわけではないのだ。しばし考えても、明確な答えは出ない。

「庶民的な生活を、してみたかった……かな」

古びた天井を見上げた周防は、自分の行動にそんな理由をつけて目を閉じた。

《二》

『ぼ、ぼ、僕とっ、結婚してくださいっ』

地味で影が薄い。真面目なだけが取り柄。

そんな陽向にとって、ありったけの勇気を込めた求婚だったのに……向かい合って座っている彼女は、不思議そうに目をしばたたかせた。

一拍置いて、

『えーっと、冗談だよね？』

そう言って、コロコロと笑い出した。予想外、という言葉では言い表せないほど想定外の反応で、陽向はテーブルの上で両手を握り締める。

『僕はっ、本気です！』

力を入れて主張すると、気まずそうに笑いを引っ込めて小首を傾げた。オレンジジュースを一口含み、そのグラスをテーブルに置いてふっと小さなため息をつく。

今度こそ、『結婚してください』の答えかと、息を詰めて待つ陽向に返ってきたのは、

『……冗談じゃ、なかったのね。でも私たち、そういうおつき合いじゃなかったでしょう？

だって嵩原さん、手を繋ごうともしなかったし……私に恋をしているようには思えないもの。

私も、弟みたいなお友達という気持ちだったし』

ある意味、『ごめんなさい』という断り文句よりも酷《ひど》いかもしれない。

恋ではなかった？　しかも、弟？

スタート地点にさえ立てていなかったのだと、突きつけられたのだ。

「な……んでっっ！」

ガバッと身体を起こした直後、激しい頭痛に襲われて頭を抱え込んだ。目の前が、グラグラと揺れている。

生まれて初めて経験するレベルの頭痛と眩暈《めまい》に、「ううう」と唸るだけで精一杯だ。

陽向は、さっきの夢と相まって最悪な気分だ……と奥歯を嚙《か》み締めた。

「急に動いてはいけない。ひとまず、水を……」

耳に心地いい、やわらかな低い声が頭上から降ってきて、視界の端にミネラルウォーターのペットボトルが映る。

「ど、どうも」

小さくつぶやいた陽向は、反射的にそのボトルを受け取り、キャップを捻った。

「っ、と……あれ？」

指先に力が入らなくて四苦八苦していると、ひょいと取り上げられる。パキンと封を切る音に続いてキャップのないボトルを「どうぞ」と差し出され、深く考えることなく口をつけた。

……冷たい水が、美味《おい》しい。

一気に半分ほど喉に流して、ようやく人心地がついた。

「はー……頭、痛い」

大きく息をつき、ズキズキするこめかみを親指の腹で揉《も》みほぐす。ゴリゴリに凝り固まっているみたいだ。

「たぶん、二日酔いというやつだろうな」

「これが、二日酔い……」

言葉としては知っていても、我が身で体験するのは初めてだ。

「顔色が悪い。もう少し寝ていたほうがいいと思うが」

いい声でそう言われてコクンとうなずいた陽向は、布団の脇にミネラルウオーターを置いて、のろのろと身体を横たえた。

「って……え?」

枕に頭をつけた直後、ふと疑問が湧き上がる。

自分は一人暮らしだ。具合が悪くて寝込んでいても、水を差し出してくれる人などいないはず……で。

むしろ、自分以外の誰かなど、いてはいけない。

我ながら鈍いと思うが、ようやく第三者の存在に違和感を覚えた。

「な……っ、誰っっ？」

鋭い声で尋ねながら飛び起きた。その途端、先ほどの比ではない激しい眩暈に襲われ、

「っっ、ぅ」

口元を右手で覆って奥歯を噛むと、大きな手に背中を擦《さす》られる。

「急に動いてはいけないと言ったのに」

「だ、誰……？」

恐る恐る顔を上げて、布団の脇に座り込んで自分を見ている男を視界に映した。

カラスの濡れ羽色を体現したような艶々の黒髪は、短すぎず長すぎず……清潔感のある長さで整えられている。心配そうな色を浮かべてジッと陽向を見詰めている瞳も、髪と同じく黒曜石の色だ。

ノーブルな印象の美貌なのに、何故《なぜ》か白いシャツのボタンが留められていないのと、袖が寸足らずなのは……、

「あ、コレ……陽向のお言葉に甘えて、借りた。ちょっと小さい」

体格のいい男には、陽向のシャツではサイズが合わないから、か。

自然な調子で「陽向」と名前を呼ばれたことに、そっと眉を顰めて質問を重ねる。

「だから、どなたですか？　どうして、僕の名前を……」

祖父から受け継いだ植物園に関する業者や、研究資料のために年に数回やって来る大学教授、幼馴染《おさなじ》み……対人関係の幅が広くない陽向にとって、名前と顔が一致する人物は両手の指で数えられるほどだ。

なけなしのデータベースをどんなに探っても、こんな男は出てこない。

怪訝な顔と声で尋ねた陽向に、その男は何故か淋しそうな顔をする。

「昨夜、自己紹介した。陽向がウチにおいでって言ってくれたんだけど……憶《おぼ》えてない？」

しょんぼりと肩を落として、ポツポツと語られた言葉に首を左右に振る。

「そ……っかぁ」

それは幼い子供のような言い方と仕草で、威風堂々とした外見とのあまりのギャップに、眉間《みけん》の皺《しわ》を解いた。

こんなふうに落ち込まれてしまったら、まるでこちらが悪いことをしているような気分になる。

「昨夜……って、うう……頭、痛い」

いったいなにがあったのか。思い出そうとしても、ズキズキと疼《うず》き続ける頭痛が邪魔で、上手く思考が回らない。

頭を抱えた陽向に、男はおろおろとした口調で話しかけてきた。

「と、とりあえず横になったほうがいい」

背中を支えられて、布団に横になるよう促される。

突っぱねる余力のない陽向は、現時点では『不審者』でしかない男に仕方なく従って、身体を横たえた。

まぁ、いい。どうせ、うちには盗られて困るものなどなにもない。自分に危害を加えるつもりなら、寝ているあいだに目的を果たしているだろう。

あまりの気分の悪さに考えることが面倒になった陽向は、そんな投げやりな気分になって息をついた。

「えーっと、俺、自己紹介をやり直したほうがいい……か？」

「そうしてもらえるとありがたいです」

布団の脇で正座している男は、陽向の言葉に大きくうなずく。ジッと陽向を見下ろしたまま、口を開いた。

「俺、三年くらい前に具合が悪くて庭の隅で蹲っている時、陽向に助けてもらったんだ。黒い、ボクサー……こーんな大型犬、憶えてない？」

「ボクサー？　あー……子牛みたいな、でっかい黒い犬、かな。じいちゃんと一緒に、どこかのお屋敷の庭に出張手入れに行って……」

男が、こーんな……と長い両手を広げて空中に描いたサイズは、決して誇張ではない。一度だけ、そんな大きさの犬を見たことがある。

数年前、祖父と大きなお屋敷の樹木の手入れに出向き……大木の根元で蹲る巨大な犬に遭遇した。

驚いたけれど、その犬はどう見ても具合が悪そうで……陽向をチラリとだけ見て、身体を丸めた。抱き上げることはできなくて、恐る恐る近づいた陽向はそっと背中に手を置いた。

もともと、動物は嫌いではない。でも、あんな巨大な犬は初めて目《ま》の当たりにした。

どうすればいいのかわからず、結局、祖父が屋敷の関係者を呼んでくるまで付き添って撫《な》で続けただけだったのだが、人生に於いてあのサイズの犬と接したのは一度きりということもあり、強烈に記憶に焼き付いている。

厳つい外見で、子牛か子馬のような巨体だったけど……大人しい犬だった。体調が悪かったせいかもしれないが、初対面の陽向に牙を剝《む》き出しにして唸るということもなく、別れ際にペロリと手を舐《な》めてくれた。

あれは、犬なりのお礼だったのかもしれない。

記憶を探りながらポツポツ語った陽向に、男は身を乗り出してくる。

「そう！　それ。その……犬なんだけど」

そんなセリフと共に自分を指差した男は、冗談を言っているのかと思ったが……大真面目な顔だ。

しばらく待ってみても、「なーんて、信じたか？」と笑わない。

「あの、見も知らない僕をからかってどうするつもりかわかりませんが、冗談は相手を選んだほうがいいと思いますよ。家の前の路上で寝そうになっていた僕を、ここまで連れてきてくれたんでしょうか？　それについては、お礼をさせていただきますが」

「冗談なんかじゃないっ。信じろよ、陽向」

「………………」

布団の脇に両手をついた男は、陽向に覆いかぶさるようにして見下ろしてくる。真剣な顔で信じてと言われても……信じられるわけがない。

「すみませんが、今の僕は、複雑なことを考えられる状態じゃないので……」

「俺、陽向が元気になるまで待つ。えっと……寝ていい、ぞ？」

そっと手を伸ばしてきた男は、軽く陽向の前髪に触れて目の上を覆う。大きな手で光を遮られたことで、ズキズキと疼き続けていた頭痛が少しだけ和らいだ。

……少し冷たい手が、気持ちいい。

「恋、って……なに？　あなた、私に恋してるわけじゃないでしょう、ってフラれたんだけど……どんなものが恋とか愛なのか、わからなくて」

途切れ途切れに口にする。答えを求めたわけではなかったけれど、意外にも低い声で言葉が返ってきた。

「恋とか愛なんて、俺にも……わからない」

それは、陽向を馬鹿にするでもなく、大真面目な響きだった。

居酒屋でカウンターの隣に座っていた男性に同じことを言った時は、「なんだ兄ちゃん、フラれたか。辛気くせぇ。つーか、今時『愛や恋』なんて真剣に語る人間、初めて見た」と笑われたのに……。

不意に、泣きたいような頼りない気分になってしまい、自嘲の笑みを滲ませる。

「そーだよなぁ。そういえば、犬だっけ」

多少のからかいを込めた『犬』という言葉に、男は不機嫌になることもなく大真面目にうなずいた。

「そう。犬だから、ごめん。もう寝ろ」

「んー……」

不審者が近くにいるのに、寝られるわけがない……と思っているのに、目の上にある手を振り払えない。

変な男。でも、自分も……変だ。

ふー……と大きく息をついた陽向は、もうどうでもいいかと睡魔に抗うことをやめた。

うとうと微睡《まどろみ》に落ちては、ふっと意識が浮かび。

差し出された水を一口含んで、再び布団に横たわる。

そんなふうに怠惰な眠りをどれくらい漂っていたのか、時間の感覚があやふやになってきた頃。

ようやく、体を起こせるまでに回復した。同時に、どこかへ吹き飛んでいた思考力も戻ってくる。

「なんか……よく寝た。夕方、か？」

窓の外から差し込む太陽の光は、夕暮れを表す橙色だ。いくら休日とはいえ、無駄な時間を過ごしてしまった。

「変な夢、見た……っっ？」

『犬』を自称する男と話したことなど奇妙な夢かと思っていた陽向だったが、部屋の隅に黒い塊があることに気づいてギョッと目を瞠った。

膝を抱えて座り込んでいたその人影は、陽向が自分を視認したことに気づいたらしく畳に膝をついて近づいて来る。

「まさか……ずっとそこに？」

「ああ。陽向が起きるの、待ってた。もう、具合はよくなったか？」

無邪気と言ってもいいような表情でそう答えられたことで、毒気を抜かれてしまう。明らかに不審者なのだが、凶悪な空気が皆無なのだ。

大きく肩を上下させた陽向は、布団の上に座り込んで男と向き合った。

……やはり、この男に覚えはない。

「ええと、僕、昨夜の記憶がほとんどない。なにか話していても、憶えてないから……悪いけど、もう一度説明してもらっていいですか？」

おずおずとそう切り出した陽向に、面倒そうな素振《そぶ》りをチラリとも覗《のぞ》かせず大きくうなずいた。

初めての居酒屋で慣れない酒を飲み、千鳥足で帰路についたところまでは憶えている。雨が降ってきたけれど、そんなことどうでもよくて……むしろ、惨めな自分にはお似合いのシチュエーションだった。

どうとでもなれ、と。自棄《やけ》になって雨の中を歩き続けたけれど、どの道を通って自宅まで戻ったか覚えていない。

「俺、この家の前で陽向が帰ってくるのを待っていたんだ。それで……」

「はぁ……僕が、あなたを強引に家の中へ引っ張り込んだ？」

男が語るには、ずぶ濡れで帰宅した陽向が、同じく雨ざらし状態で路上にしゃがみ込んでいた彼を、「家に入れ」と誘ったらしいが……やはり憶えていない。

いい年をして恥ずかしいが、自分は人見知りする性質なのだ。初対面の人間を自宅に招き入れるなど、前代未聞だった。

苦悩する陽向をよそに、男は身の上話を続ける。

「俺、助けてくれた恩返しをしたいからって、犬神様にお願いして一ヵ月だけ人間の姿にしてもらったんだ。陽向の望みは、なんだ？」

「……いや、だから……それ以前に、犬ってことが信じられないんだけど。なにか証拠とかある？」

「証拠……。耳や尻尾《しっぽ》は邪魔だから、消してもらったし……うう……そうだなぁ」

腕を組み、難しい表情で唸っている男を、改めてマジマジと観察する。

テレビや雑誌をほとんど目にしないせいで芸能人に詳しくない陽向でも、この男が他に類を見ない『イケメン』というやつだとはわかる。

いや、そういう軽い表現ではなく、端整な外見や雰囲気は古風な表現のほうが似合う。正統派の『男前』と言うべきか。

「証拠を見せるのは、難しい。でも、陽向に恩返しをするため……陽向の望みを叶えるために、人間にしてもらったんだ」

「そう言われても困る。申し訳ないけど、僕には人に叶えてもらえるような望みはないから」

望みがなかったわけではない。ただ……一大決心して臨んだプロポーズは、見事に玉砕しただけだ。

慣れない深酒に至る原因を思い出せば、情けない気分は募るばかりだ。

「でも……困るよ。そのために、犬神様に人間にしてもらったんだから……陽向の願いを叶えなければ、犬に戻れない」

「って言われても……僕も困る」

肩を落とし、途方に暮れた顔で布団の脇に座り込んでいる男を、陽向も途方に暮れてジッと見詰めた。こっぴどくフラれた挙句、ワケのわからない人間に押しかけてこられた上に……まるで、こちらが悪いみたいな状況だ。

これはいったい、どんな厄災だ。

頭を抱えたくなっている陽向を、男は心配そうな目でジッと見ている。

犬だなんて、荒唐無稽な話を信じたわけではない。でも、こんな目で見詰められると突っぱねられなくなってしまいそうで、困る。

「あ……そういえば、名前は？」

聞いたような気もするけど、頭の中にぼんやりと霞《かすみ》がかかっているみたいで思い出せない。

男は、少しだけ淋しそうな顔をして口を開いた。

「周防。……それも憶えていないのか」

「周防……か」

精悍《せいかん》な外見にピッタリの名前だ。

小さく復唱した陽向は、彼の背後に無意識に大きな黒い犬を思い浮かべて……そんな自分に呆《あき》れた。この人が、あまりにも真剣な顔で『犬だ』と言い張るから、うっかり乗せられてしまいそうになってしまった。

「ええと、目的がなにか知りませんが……」

「だから、陽向の望みを叶えに来た」

堂々巡りに、はぁ……と大きく息をついた陽向は、「あ」とつぶやいて枕元に手をやった。

そこに見慣れた黒縁眼鏡があることに気づき、ホッとして装着する。

裸眼の視力は0・8というところで、矯正をしなければならないほど悪くはない。ただ、この眼鏡は陽向にとって不可欠なものだ。

耳と鼻のつけ根に感じる、眼鏡の慣れた感触に安堵《あんど》の息をついたところで、周防がポツリとつぶやいた。

「眼鏡、ないほうがいいのに。陽向、綺麗な顔してるんだから、隠すみたいでもったいない」

「な……っ」

そう言いながら、かけたばかりの眼鏡をヒョイと取り上げられる。焦って顔を上げた陽向は、思いがけない近距離にある周防の顔にグッと息を詰めた。

これほど近くで他人の顔を見ることなど、普段はない。真っ黒な瞳に、自分の顔が映って

いる。

「か、返して」

どう言われても、陽向にとって大切な防具のようなものだ。

洗面台の鏡に映る自分も、極力目にしないようにしているくらいで……周防は悪気なく口にしたのだろうけど、母親に酷似した、その『綺麗な顔』が大嫌いなのだ。

「どうして？　これがないと、見えないわけじゃなさそうなのに」

レンズを自分の目元に当てた周防は、分厚いレンズに、大した度が入っていないことがわかったのだろう。

眼鏡を取り戻そうと手を伸ばす陽向に、不思議そうに首を傾げた。

「それでも、僕にとっては大事なんだ」

「……そうか。ごめん」

うなずいた周防は、短く謝罪の言葉をつぶやいて、拍子抜けするほどあっさりと眼鏡を手渡してきた。

再び、シン……と沈黙が落ちる。

「っと、暗くなってきたし……電気、点《つ》けたほうがいいね」

目が覚めた時には既に西に傾きつつあった太陽が、完全に建物の陰に入っている。室内が薄暗くなっていることに気づき、天井から下がっている照明器具を見上げた。

すると、周防が目を輝かせた。

「俺が点ける。……リモコンはどこだ？」

キョロキョロと畳の上に視線をさ迷わせながら、電気を点けるのには不要な『リモコン』という単語を口にした周防に首を傾げた。

「なんで、リモコン？　その、紐《ひも》を引っ張るだけでいいんだけど」

照明器具から下がっている紐を指差すと、周防は不思議そうな顔で立ち上がり……思いきり紐を引いた。

その直後、ブチッという不吉な音が響く。

「あ、点いた」

「いや、点いたじゃなくてっっ。力任せに引っ張るから、紐が取れちゃったじゃないか」

「え……取れたらいけないのか？」

自分の右手で握り締めた紐を見ながら、目をしばたたかせる周防を見上げた陽向は、返す言葉を失った。

なんなんだ、この男は。

「コレ、どうしよう」

ぶらん……と。

周防の手から垂れ下がった紐を目の前に差し出されたところで、唖然《あぜん》としている場合ではないと我に返る。

「修理……できるかなぁ。とりあえず、そのあたりに置いといて」

「わかった。他にすることは？」

どうやら、『陽向のためにできること』があるのなら、なんでもしよう……と思っているらしい。

こちらをジッと見る目に期待を滲ませて、用事が言いつけられるのを待っている。

申し訳ないけれど、

「……なにもしないでください」

と答えるのが、やっとだった。

電気を点けるというだけで、この有り様だ。この男になにかができるようには、とてもじゃないが思えない。

「お、俺……間違えた？」

「いや……うん。ちょっとだけ、違うかな」

「そうか」

しゅんとした様子で肩を落とされてしまうと、ものすごく悪いことをした気分になる。

陽向は、自分がこの正体不明の男にうっかり絆《ほだ》されてしまいそうになっていることに気づき、慌てて首を左右に振った。

「ええと、路上で行き倒れそうになっていた僕を家まで運び込んでくれたことに関しては、感謝します。おかげで、風邪をひかずにすんだ。ありがとう。……服が乾いていたら、お帰りになってくれませんか」

周防が着ている自分のシャツを指差した陽向に、周防は「俺の服？　乾いてないと思う」と即答する。

「脱いで、そこに置いてあるだけだから」

そこ、と周防が指差した先には、グシャグシャに丸められた布の塊があった。触らなくても、乾いているわけがないと予想がつく。

「それに……帰るって、家に？　犬じゃない俺でも、犬小屋に入れてくれるかなぁ」

「…………」

犬小屋、ときたか。それも、大真面目な顔と声で。

絶句する陽向に、周防は更にとんでもない発言を続ける。

「庭先でもいいから、陽向のところに置いてくれないかな。犬神様との約束で、一ヵ月しないと犬に戻れないんだ」

「い……一ヵ月。犬に、戻る？」

あくまでも、自分は犬だと言い張るつもりらしい。

正直言って、ものすごく怪しい。

もしかして、若手の俳優とかで、そういう演技の練習をしているのか？　とも思ったけれど、陽向を相手にそんなことをする理由はないだろう。

じゃあ……なんなんだ？

自分を騙《だま》して家に上がり込んでも、なにがあるというわけではない。唯一の家族だった祖父が遺《のこ》してくれたものは、この古い家と寂れた小さな植物園のみだ。

考え込む陽向を見ている周防は、真剣な目をしていた。

自分を犬だと言い張るところを除けば、普通……より育ちがよさそうな青年だ。言動にも荒んだ雰囲気など皆無だし、精神的な問題があるようにも見えない。

なにか、深いワケあり……なのだろうか。

「一ヵ月したら、犬に戻って家に帰る？」

「ああ」

警察に通報するのは、今でなくてもいいか。

なにより……今の陽向は、複雑なことを考えるだけの精神的な余裕がない。祖父も、常々言っていたではないか。

情けは人のためならず。良くも悪くも、因果は自分に巡ってくるものだ……と。

この場に祖父がいれば、こう答えるはず。

「わかった。一ヵ月だけだ」

「ありがとう、陽向」

パッと顔を輝かせて、陽向の手を両手で握り締める。

その背後に、ぶんぶんと勢いよく左右に振られる黒くて長い尻尾が見えたのは……幻影に決まっている。

目の錯覚だ！

自分に言い聞かせた陽向は、大きく息をついて天井を見上げた。

……変なことになってしまった。

《三》

まさか、犬だという言い分を信じてくれるとは……。

陽向が、純粋な優しい人でよかった。

風呂の中で、肩まで湯に浸かった周防は「ふー……」と安堵の息をつく。

当初の予定では、もっとスマートに彼と逢うつもりだったのだが、陽向が酔っ払って帰宅したことと咄嗟に口から出た言葉が『自分は犬だ』というものだったせいで、計画が大きく狂ってしまった。

「まぁ……いい。嘘《うそ》も方便と言うしな」

こうなれば、『犬』だと言い張ってしまおう。

周防は、水面から立ち上る湯気を見詰めながら、「私……じゃない、俺は犬。犬だ、犬」と暗示をかけるように自身へと言い聞かせる。

そうして数分。どっぷりと熱めの湯に浸かっていたせいか、頭がクラクラしてきた。

「……気分が悪い」

長湯をしてしまったかと眉を顰めたところで、タイミングよく磨《す》りガラスの向こうから声をかけられる。

「あの、ここにパジャマと下着を置いておくから」

「ぁ……あ」

周防としてはハッキリと答えたつもりだが、目の前の水面に吸い込まれてしまいそうな小声になってしまった。

当然それは、陽向にまで届かなかったのだろう。

「えーと、周防？　さっきから全然、音がしないみたいだけど……大丈夫かな？　湯あたりしていない？　……開けるよ」

「うぅ」

遠慮がちに「開ける」と宣言した直後、浴室の戸がスライドする。顔を覗かせた陽向は、半ば沈みかけていた周防を目に留めて驚いた声を上げた。

「周防っ、大丈夫？」

服のまま浴室に入ってくると、周防の腕を摑んで引っ張り上げる。周防より遥《はる》かに小柄な上に細い腕をしているにもかかわらず、驚くような力だ。

「き、気分が悪い」

「とりあえず、脱衣所に……」

陽向は濡れることも厭《いと》わず、ぐったりとした周防を抱えるようにして浴室を出る。

力なく脱衣所のマットに座り込んだ周防の首筋や肩に、冷たい水で濡らしたタオルを押し当てる。

「お水、飲む？」

「……いや、いい。こんなふうに湯に浸かることなどないから、加減がわからなかった」

普段の周防は、西洋式のバスルームでもう少し浅いバスタブを使っている。たっぷりの湯に浸かるという入浴の仕方は滅多にしないので、どれくらいの時間浸かっていれば湯あたりするのかわからなかった。

「……い、犬だから？」

周防の脇にしゃがみ込み、おずおずと尋ねてきた陽向を見上げる。

視線の絡んだ陽向は……真顔だ。

「そう。犬だから」

周防がうなずくと、納得したようなしていないような……曖昧な表情で、かすかに首を上下させた。

白地に淡い緑色の縦縞《たてじま》が入ったパジャマを広げた陽向は、周防の肩あたりとパジャマの上着を交互に見遣《みや》って首を捻る。

「パジャマ、僕のじゃ……やっぱり小さいよね。下着も、窮屈だろうな。シャツも……ズボンも僕のじゃ穿けないだろうし、明日は服を買いに行こうか」

「ああ」

濡れタオルを首筋に押し当てられる心地よさに目を細めていた周防は、陽向の言葉にうなずく。

そうか。服は買いに行くものなのか。

いつもは、テーラーが採寸をして仕立てたものを届けてくるか、百貨店の外商が持参したサンプルから選ぶだけだから、店舗に出向いて買い物をしたことなどない。

「もう大丈夫？　さっきの部屋に、布団を敷いてあるから。僕は隣の部屋にいるけど、なにかあったら声をかけて。……おやすみ」

スッと手を引いた陽向は、周防の肩にパジャマの上着をかけて立ち上がった。踵《きびす》を返しかけた陽向に手を伸ばし、ズボンの裾を摑む。

「別々の部屋？　陽向と一緒がいい」

「僕は昼間にたっぷりと寝たから、しばらくゴソゴソ仕事をするよ」

「陽向の仕事、邪魔しないから」

「……わかった」

仕方なさそうにため息をついた陽向の気が変わらないうちに、と急いでパジャマに袖を通す。

Mというシールが貼られたパッケージに入っていた下着も、パジャマも窮屈だったけれど、ぴったりに誂《あつら》えられたものしか身に着けたことのない周防にはそれさえ新鮮で、非日常が楽しかった。

□　□　□

「陽向、どうして同じ服をいくつも並べてある？」

目の前にあるラックには、同じ形のシャツが数十着ズラリと並んでいる。すべての色が違っているならともかく、数着ずつ同じ色のものがあるのは解せない。

陽向を振り向いて尋ねると、目をパチクリさせていた。

同じ服がいくつもあることより、それに疑問を持つ周防のほうが不思議だと言わんばかりの反応だ。

「えーと……俺、変なコトを聞いたか？」

「変っていうか……えっと、ほら……同じ色でも、サイズが違うんだ。自分に合ったサイズを選べるようになってる。周防だと、L……胸板があるし、腕や脚が長いからLLのほうがいいかなぁ」

ハンガーを二つ手に取った陽向は、左右の手で持ったものを交互に周防の身体に当てて思案の表情を浮かべる。

「やっぱり、ＬＬだな。大に小を兼ねてもらおう」

なるほど。確かに、既製品を購入するなら、自分に合ったサイズのものを見つけなければならない。

周防は不思議そうな顔をしていたのか、チラリと視線を向けてきた陽向が遠慮がちに口を開く。

「初めて、買い物するみたい……だね」

「ああ、初めてだ。俺には必要なかったから」

幼少の頃から、霧島家お抱えのテーラーが定期的に自宅を訪ねてきていた。だから、なに一つ嘘をついてなどいないのだが……。

周囲を見回した陽向は、他の人に聞こえないように配慮してか、声を潜めて尋ねてくる。

「犬……だから？」

「そう」

ジッと見上げてくる陽向に、周防はコクンとうなずく。

犬だから、ということにしておこう。

普通の人間にしては不自然かもしれない言動も、そういう理由で陽向が納得してくれるなら願ったり叶ったりだ。

「うーん……なんだか、やっぱり浮世離れしてるよなぁ。切符の買い方も、わからなかったみたいだし」

難しい表情でブツブツと独り言を口にしていた陽向は、ふぅとため息をついて床に置いてあった灰色の籠を手に持った。

「これくらいあれば、大丈夫かな。勝手に決めちゃったけど、これでよかった？　色の好みとか、あれば……」

「陽向が決めてくれたのがいい。ありがとう」

ズボンのサイズだけは試着をしたけれど、あとはすべて陽向の見立てだ。

もともと周防自身に着るものにこだわりがあるわけではないので、陽向が「この色のほうが似合うかな」とか、「こっちのシャツのほうが、肌触りがいいし」と、真剣に悩みながら決めてくれたものが嬉しい。

「じゃあ、僕は会計してくるから……そこで待ってて」

「会計？　現金がいるのか？」

驚いて聞き返した。

駅で切符を買う時も、陽向に任せきりだったし……いいのだろうか。どれくらいの額が必要なのかはわからないけれど、今の周防は現金を持っていない。

よく考えれば、自分で現金を持ち歩くことなどこれまでなかった。

どこかに食事に行っても、同行した笹岡が支払いをするか……サイン一つで用が済んでいたのだ。子供の頃に社会勉強の一環としてコンビニエンスストアで買い物をしたことはあるが、すべてカードを使用していた。

「うん。……周防は気にしなくていいよ」

戸惑う周防にそっと笑った陽向は、支払いカウンターへ向かって歩いて行った。

その背中を見送った周防は、大勢の人が行き交う店内を改めて見回す。

これまで、自分が世間知らずだと考えたこともなかった。でも、普通の生活をしている人たちは、みんなこうして買い物をしているのか。

「知らないコトは、たくさんあるんだな」

テーブルマナーや、他国の王族との接し方は学んだ。霧島の系列の研究所で、新薬についての研究に没頭する日々は、充実していると思う。

でも……『一般の人』の生活についての知識は、微々たるものだと初めて知って、愕然《がくぜん》としてしまった。

これは、あれだ。井の中の蛙《かわず》。……自分も、蛙なのかもしれない。

「周防、お待たせ」

「あ、うんっ」

ぼんやりと突っ立っていた周防は、陽向に呼びかけられてビクッと身体を震わせた。

陽向は、紙袋を持っているのと逆の手につけた腕時計に視線を落とす。

「もうお昼だなぁ。お腹空いた？」

「……あ、俺っ、あれ食べてみたい」

周防が咄嗟に指差したのは、今いる衣料品店の斜め前、車が行き交う道路の向こうに建っているファストフード店だった。

そのハンバーガーチェーンの存在は知っていても、身体によくないからという理由で一度も口にしたことがない……子供の頃からの憧れだ。

「ダメ？」

おずおずと尋ねた周防に、陽向はあっさりうなずく。

「いいよ。じゃ、行こうか」

あまりにも呆気《あっけ》ない了承に拍子抜けした周防は、慌てて陽向の背中を追いかけた。

このことが笹岡に知れれば、「ファストフードなど」と渋い顔をさせてしまうかもしれないけど……一ヵ月のあいだは、周防のすることに口出しをしないよう釘《くぎ》を刺しているのだ。

頭に思い浮かんだ笹岡の顔を打ち消して、弾む足取りで憧れのファストフード店へ向かった。

家の玄関に入って手に持っていた紙袋やスーパーの買い物袋を置いた陽向は、大きく肩を上下させた。

どうやら、自宅に戻ったことで気が抜けてしまったようだ。

「陽向？　お疲れか？」

昨日《きのう》はグッタリしていたけれど、今朝《けさ》は元気そうだった。でも、まだ二日酔いの影響が残っているのだろうか。

心配になって、背中を屈めた周防は顔を覗き込む。眼鏡のレンズ越しに視線を絡ませると、力なく笑い返してきた。

「うん……ちょっと、疲れたかも。久し振りに人混みの中に入ったし……」

「じゃあ、少し休めばいい。これは厨房に運べばいいのか？　俺がやっておく」

「うん、ありがと。生ものだけ冷蔵庫に……僕が入れておく」

周防が、スーパーのロゴが印刷された買い物袋を持ち上げたのだが、陽向はハッとした表情で背中を伸ばした。

役割を得たと思っていた周防は、なにか陽向の役に立ちたかったのに……と目をしばたたかせる。

「座っていればいいのに」

「そう言ってくれるのは嬉しいけど、うん……冷蔵庫のどこになにを入れたらいいか、わかる？　野菜室や、チルドや……いっぱい入れるところがあるけど」

「……全部同じ場所じゃダメなのか」

野菜室？　チルド？

耳慣れない言葉に、不思議そうな顔をしたのだろう。周防を見上げていた陽向は、「やっぱり」と苦笑する。

自室にも、勤めている研究所にも冷蔵庫はある。

でもそれらは、冷凍スペースと冷蔵スペースに分かれているだけのシンプルなもので、陽向が口にした複雑な収納スペースはない。

周防は立ち入ることのない、料理人たちが取り仕切る厨房にある冷蔵庫は大きなものなので、そういった機能を備えているかもしれないが……扉に触れたこともないので、定かではない。

「じゃあ、厨房まで持って行く」

「お願いするね。ありがとう」

冷蔵庫への収納は陽向に任せるにしても、せめて運搬だけでも。そう思っての申し出に陽向がうなずいてくれて、ホッとした。

買い物袋をガサガサ揺らしながら廊下を歩いていると、数歩前を行く陽向がポッリと零すのが聞こえてきた。

「それ以前に、冷蔵庫に入れなきゃいけないものと常温保存ができるものの区別がつくかどうかも、ちょっと怪しい……かも」

きっと、周防に任せられなかった原因がソレなのだ。否定できず、反論もできなくて……とぼとぼ足を運ぶ。

ファストフード店でも、周防の言動に驚いているみたいだった。

ハンバーガーや付け合わせのポテトが皿に載っていないことを不思議がったり、食べるためのナイフとフォークがないことに戸惑ったりするのは、おかしかっただろうか。

首を傾げていた陽向に、何度も「犬だから、ごめん」と謝ったのだが……そのたびに、「じゃあ仕方ないね」と困ったような笑みを浮かべていた。

犬だから、という方便を多用するのはよくないかもしれないけれど、陽向が納得してくれるのなら利用するのが一番だ。

「これが、野菜室。チルドは……お肉とか、ね。それぞれの食材に、適した温度になっているから。牛乳パックはこのスタンドのところ。立てて置いたら、注ぎ口を開けても零れないだろ」

陽向は、買い物袋から取り出した食材を一つずつ冷蔵庫に収めながら、ジッと見ている周防に説明をしてくれる。

陽向の手元を覗き込んでいた周防は、大きくうなずいて冷蔵庫を見詰めた。

「へぇ……機能的だな。開発者はすごく頭がいい」

「……うん。僕もそう思う」

周防の言葉に、陽向はクスクスと肩を揺らした。自分は思ったままを口にしたのだが、笑われてしまうようなことを言ったのだろうか。

どうも、なにかと的外れな発言をしてしまっているらしい。

これまでは誰にも指摘されたことがなかったけれど、陽向は時おり目を瞠ったり密やかに笑ったりしている。

ただ、笑われてもバカにされているとは感じない。

冷蔵庫の扉を閉めた陽向は、周防を見上げて話しかけてきた。

「夕飯の準備をするまで、少し時間があるから……周防のこと、教えてくれる？」

「陽向に話せるようなことは、そんなにない。屋敷から出ることも、ほとんどないし……昼寝ばかりしていた。それより——」

犬のふりをしているからには、霧島の家についてや……研究所での仕事のことなど、『霧島周防』に関して語って聞かせるわけにはいかない。

質問から逃げたと思われないように言葉を選び、陽向自身について話してほしいと言い返す。

「……わかった。僕も、聞いて楽しいと思ってもらえるようなことは、ないけど。台所で立ち話じゃなくて、居間に行こうか」

陽向は少し思案していたようだけれど、仕方なさそうにうなずいて踵を返す。

ホッとした周防は、居間として使っているらしい部屋へ向かう陽向の後を、大股《おおまた》で追いかけた。


座布団に腰を下ろした陽向の隣に座り込み、口を開くのを待つ。

チラリと周防を見上げた陽向は、すぐに視線を逸らしてダークブラウンのテーブルに目を遣ると、ポツポツ話し始めた。

「ここは、祖父の家なんだ。祖母は、中学生の時に他界している。僕にとって、祖父がたった一人の家族だったんだけど、その祖父も一年前に亡くなって……それ以来、一人で住んでいる」

「両親は？」

周防にしてみれば、当然の疑問だった。

祖母が亡くなってからは、祖父が唯一の家族だった？　陽向の口からは、母親や父親という言葉が出ていない。

十数秒、躊躇うような間があったけれど、ポツポツと話を続ける。

周防には、うつむいている陽向がどんな顔をしているのか、わからない。

「母親は、結婚せずに僕を生んだんだ。だから、もともと父親のことは知らない。その母親も、幼稚園に入る前に祖父母のところに僕を残して、どこかに行っちゃった……らしい。あんまり話してくれなかったけど、顔は僕にそっくりだって」

感情を窺わせない声で淡々と語っていた陽向は、そっくり、というところでこれまで以上にうな垂れる。

どうやら、それが眼鏡や長い前髪で顔を隠す理由の一つになっているのだな……と察することはできた。

身内と呼べる存在が、いない。

さほど関わりが深いわけではないけれど、両親が健在で妹もいる周防にとって、陽向の置かれた立場は想像するしかできない。

「淋しい？」

思わず尋ねた周防を、陽向はハッとしたように見上げてきた。視線が合った直後、慌てたように顔を伏せて首を左右に振る。

「ううん。祖父は、この家だけでなくて小さな植物園も遺してくれたんだ。贅沢《ぜいたく》をしなければ、十分に食べていけるし……感謝しているよ」

それは、淋しい？　という問いに対する答えになっていないように思う。

そんな疑問が頭を過《よぎ》ったけれど、かすかな笑みを唇に浮かべている陽向の横顔は、周防に更なる追及の言葉を呑み込ませた。

漂った沈黙を打ち消すように、陽向は声のトーンを上げて言葉を続ける。

「どうも僕は……大勢の人の中で仕事をするのは向いていないって自分でも思うから、ホントにありがたい」

コミュニケーション能力が低いんだ、と自己分析をして笑った陽向に、周防は「そうか？」と首を捻る。

「でも、俺と一緒に買い物に行ってくれた。今も、こうして話してくれている」

確かに、数年前、祖父と一緒に霧島の屋敷に来た時は……うつむきがちで、ほとんど顔を上げることもなかった。

犬の様子がおかしいと聞いて、珍しく自室にいた周防が駆けつけた時も、目を合わせてもくれなかったのだ。

それが、今はきちんと会話をしてくれている。

「う……ん、自分でも不思議かも。あ、もしかして周防が『犬』だからかな。対人恐怖症とまでは言わないけど、他人が苦手なのに……周防は平気なんだよね。なんか、本当に犬じゃないかって信じちゃいそうだ」

言葉を切った陽向は、クスリと笑って、小声で「まさかね」とつぶやいた。

犬だという周防の主張を完全に信じてくれているのではなく、半信半疑……といったところだろうか。

ここで、畳みかけておかないと！　と拳を握った周防は、勢い込んで陽向に告げた。

「本当に犬なんだって。陽向の役に立ちたい。陽向の望みを叶えたいから、今は人間の姿にしてもらったけど……」

「まぁ……そういうことにしておこうかな。あ、明日は植物園に出勤するけど、周防はどうする？」

「もちろん、一緒に行く。陽向を手伝う」

キッパリ言いきった周防に、陽向は「いいよ」と了解してくれた。

咄嗟に『犬だ』と嘘をついてしまったけれど、正解だったのかもしれない。そうでなければ、こんなふうに家に入れてくれなかっただろう。

こうして陽向に近づいて、結局自分は、なにをしたかったのか。

目的は周防自身にも曖昧で、ただ……陽向と一緒に電車に乗ったり、買い物に行ったりして……これまで知らなかったことを体験するのは、楽しい。

それに、今は亡き陽向の祖父……『嵩原植物園』の園長には、恩義がある。希少な植物の株を分けてもらい、なんとか切り抜けた過去があるのだ。

直接的な援助の申し出を受け入れてもらえないのなら、他の方法で……孫の陽向に、恩を返そう。

ついでに、一ヵ月のあいだ庶民的な生活を楽しませてもらえばいい。

□□□

出勤するという陽向に伴われて訪れた『嵩原植物園』は、住宅街の外れに突如現れた異空間だった。

敷地面積は、四百坪くらいだろうか。私立公立問わず、植物園と銘打たれた施設は多々あるけれど、その中では小ぢんまりとしたものだ。

中央には、胸高直径が三メートルを超えようかというケヤキの巨木が聳《そび》えている。幹の直径からして、推定される樹齢は三百年を超えるだろう。施設ができてから植樹したのではなく、もともとここにケヤキの古木があり……それを保護する目的で植物園が整備されたという旨の案内プレートが表示されていた。

敷地内には散策路として小道が整備されており、多種多様な木々や草花のあいだを縫って歩くことができる。

園内に生い茂る緑は、一見すると無造作に枝葉を広げているようでいて、近づいて目にするときちんと手入れされていることがわかる。

陽向の祖父が、その跡を継いだという陽向が、植物たちに丁寧に接していることは説明されるまでもなく察せられた。

マンションなどの高い建物から眺めると、ケヤキの巨木を中心にした小さな森があるように見えるだろう。

入り口付近でキョロキョロしている周防に、陽向は静かに話しかけてきた。

「好きに見て回っていいよ。どうせ、ほとんどお客さんは来ないから」

「陽向は？」

「僕は、そこの事務室で標本作りをしたり……雑務をしているから。飽きて、退屈になったら声をかけて」

チケット売り場という案内表示と小窓のある一室は、事務室を兼ねているらしい。出入り口となっているドアを指差した陽向に、周防は「わかった」とうなずいた。

この植物園は、過去に一度だけ訪れたことがある。こうして見る限り、あの頃とほとんど変わっていない。

当時、周防は大学院を出て霧島の名を冠した製薬会社付属の研究所で勤め始めたところだった。配合に必要な希少植物は、霧島が所有する土地で育てられており、十分な数があるはずだったのに……近年の気象状況の変化によってか、必要な大きさまで成長していなかったのだ。

それが『嵩原植物園』で栽培保存されていると聞き、ダメ元で訪問した。

あの時は、陽向の祖父が応対してくれた。それが必要な理由、用途を懸命に説明しながら、貴重なものだからと提供を断られて当然だとも思っていた。だが、そんな予想に反して快く株を分けてもらえたのだ。

うなずいてくれるまで通い詰める覚悟をしていた周防は、あまりの呆気なさに拍子抜けしてしまった。

厳格そうな老紳士は、用意していた謝礼を差し出した周防に眉を顰めて首を横に振った。包みを手に取ることさえなく、「持って帰ってくれ」と静かに拒んだのだ。

「意味のある使い方をするのなら、そうあるべきだ。これは、ここでの観賞させる役目を終えたということだろう……か」

彼の哲学を窺わせる言葉を淡々と語り……ニコリともしなかった、深く皺の刻まれた老紳士の顔を思い浮かべる。

以後も、見るからに老朽化している施設の改修に役立ててくれと資金援助を申し出たのだが、頑として受け取ってくれなかった。

それは、彼からここを引き継いだ陽向も同じだ。

「きちんと手入れはされているけど、くたびれていると思うんだけどなぁ」

こうして、チラリと目にしただけでも明らかな老朽化は見て取れる。柵の金具が外れていたり、金網が破れていたり……施設内に流れる小川に架かる木製の橋の一部が、朽ちていたり。

霧島グループは、子会社での科学技術開発のバックアップを行うだけでなく、グループには無関係の団体であっても芸術文化振興の支援にも力を入れている。

地方の私立図書館や個人所有の美術館であっても、活動理念に納得できれば惜しむことなく資金面での援助をしてきた。

噂を聞きつけたあちらから支援を求められることは多々あっても、霧島側から申し出て断られたのは『嵩原植物園』が初めてだ。

どこか他から、援助を受けている様子もない。『霧島』を突っぱねる理由など、どこにもないと思うのだが……。

「ああ、だから……気になるのかも」

陽向に興味を持った理由は、この点にもあるのかもしれない。

どうして、差し伸べようとする自分の手を拒むのか。陽向の傍《そば》にいれば、見えてくるだろうか。

破れた金網を、腕組みをして見ていた周防は、少し考えて……「そうだ」と手を打った。

「目の前に出されたら、イラナイとは言わないだろうし」

陽向に、援助を受け取ってもらう手段を思いついた。

陽向は半信半疑のようだけど、せっかく犬のふりをしているのだ。この際、とことん利用してやれ。

《四》

周防という人間……本人が言うには『犬』は、これまで陽向が接したことのあるどんな人とも違う。

赤信号では横断歩道を渡ってはいけないとか、一般的な常識や知識はあるようだし、丸きり物事を知らないわけではない。食事の際に箸やカトラリーを操る所作など、陽向より綺麗なくらいだ。

ただ、電気の紐を引き千切ってしまったことを始め……たまにとんでもなく的外れな言動をして、陽向を驚かせる。

着の身着のままでは困るだろうと、大型量販店に連れ出した時の戸惑い方は、初めてそういった店に足を踏み入れたようにしか見えなかった。

衣服にこだわりがなくて頻繁に買い物をしない陽向でさえ、季節の変わり目などには必要に駆られて訪れるのだが……周防は、なにかにつけて慣れないという表現には収まらない驚きようだった。

服に、ＳＭＬというサイズがあることにさえ、「なるほど」と納得していたのだ。

その後、リクエストされたファストフード店でも驚きの連続だった。ハンバーガーの包みを前に困惑しているようなので、食べないのかと尋ねたら「ナイフとフォークがない」と途方に暮れたように答えたのだ。

絶句する陽向に、

「人間は、手摑みで食べてはいけない……はずだ」

と、不思議そうに言い返してきた。目をしばたたかせる陽向に、「違う？」と焦ったように聞いてくる始末だ。

手が汚れないよう包み紙を残しながら齧《かじ》るのだと、一般的な食べ方を教えると、おぼつかない手つきで包みを剝《は》ぎ、意外なほど綺麗な仕草で食べ始めた。そして、「よくできたスタイルだ」とやたら感心していたのだ。

この違和感は、どう言えばいいだろう。

SF小説の登場人物のように過去からタイムスリップしてきたとか、パラレルワールド……もっと極端に言えば最低限の予備知識だけを持った宇宙人が地球にやって来たのでは、とあり得ないことを考えるほどだ。

周防のあれらが演技だとしたら、アカデミー賞ものの名演ではないだろうか。

パソコンで調べ物をしていても、周防のことばかり考えて気が逸れてしまう。まったく集中できない。

「……ふぅ。今日はやめた。僕も、もう寝ようかな」

ため息をついた陽向は、パソコンの電源を落としてそろりと振り返る。部屋の隅に敷いた布団で横になっている周防の姿を、目に映した。

部屋の電気を点けたままだし、陽向はゴソゴソ動いている。こちらに背中を向けた周防が、眠っているのかまだ起きているのかはわからない。

周防の外見は、凛々《りり》しい青年だ。それにもかかわらず、陽向から離れるのが不安なように傍にいたがる。

パソコンで少し調べたけれど、始祖の狼が群れで行動していたせいで人間と共に在ろうとするという、犬の習性そのものだ。

「本当に、犬……って可能性は、まさか……だよな？」

恐る恐る検索したインターネット上には、ポピュラーな狼男についてだけでなく、その他にも動物が人間に化ける……という類の話が無数にあった。

明らかな創作から尤《もっと》もらしい伝承に至るまで多岐に亘《わた》っていて、陽向の予想を遥かに超える数に目を丸くしてしまったほどだ。

日本の昔話でも、タヌキやキツネを始め鶴に蛇……と、色んな動物が人間の姿になって騙したり恩返しをしたりと、忙しそうだ。

陽向も、超常現象と言われるものを頭から否定する気はない。世の中には、現代の科学技術をもってしても解明できないものがあるとわかっているし、祖父母からは動植物だけでなく無機物にも魂が宿っているものだと教えられてきた。古来より、八百万《やおよろず》の神という言葉があるくらいだ。

「別に、害はない……んだよな」

本人には申し訳ないが、周防がなにかしら役に立ってくれるとは思えない。でも、こちらに危害を加えるわけではないし……不思議なくらい邪魔だとも感じない。

陽向は平穏でひっそりとした生活を好み、これまで望んだ通りの日々を送っていた。周防は、そんな平和な日常に突如降って湧いた異分子とも言える存在なのに、気に障らないのが謎だ。

もし、祖父母が健在なら。

「物事には、すべて相応の理由がある……か。口癖、だったもんな」

こう言って、やはり周防を受け入れただろう。

迷い込んできた犬猫や、庭に蹲っていた傷ついた野鳥を保護する際にも、同じ理由で自然と迎え入れたのだ。

「……周防のおかげで、考えずに済んでいるし」

家族になることを望んだ女性に手酷くフラれたのは、ほんの二日前だ。

鬱々《うつうつ》と落ち込んで休日を食い潰すはずだったのに、周防がいたことで彼女を思い出して落ち込む余裕がなかった。

保育園に勤める彼女とは、陽向の植物園に園児たちを連れて園外学習に来たことで知り合った。

後日、彼女が草花の手入れについて質問にやって来たり、陽向のほうが上手《うま》く育たないと相談された花の種を発芽させて保育園に届けたり……些細《ささい》な交流を繰り返すうちに、いつしか仕事を離れた休日にも逢うようになった。

園児たちの話がわからないと困るからとアニメ映画を見に行くのにつき合ったこともあるし、新しいカフェができたからと誘われて一緒に長蛇の列に並んだこともある。書店であれこれ話しながら、園に置くという児童文学書を選ぶのも楽しかった。

彼女となら、理想とする穏やかな家庭が築けるかもしれない。

そんな思いが日増しに強くなり、出逢って一年目となる日を絶好の機会だとばかりに……意を決して、プロポーズしたのだ。

「恋じゃなかった？　彼女と一緒にいたら、楽しかったし……穏やかな気分になれたんだけどなぁ」

でもそれは、彼女曰く『恋愛ではなかった』らしい。

確かに、明確に「好きです。結婚を前提におつき合いしてください」と交際を申し込んだ記憶はない。

スタート地点から、間違えていたということか？　では、どうすれば『恋愛』になった？

せめて、プロポーズを冗談扱いされないくらいには……。

「……わかんないや」

考えれば考えるほど、わからなくなってきた。

深く息をついた陽向は、立ち上がって電気を消す。周防がいる布団の隣に敷いた自分の寝具に身体を横たえて、目を閉じた。

この家に、自分以外の人がいるのは随分と久し振りだ。

時おり訪ねてくる幼馴染みも、車だから陽向宅でアルコールを摂取することはないし、朝早くからの仕事に遅れたら姉が恐ろしいと深夜であっても帰宅するので、泊まっていくことはほとんどない。

静かだ。庭から、リンリンと秋の虫が鳴く声だけが聞こえてくる。周防の寝息が耳に入り、不思議な気分になった。

誰かの寝息を耳にすることなど、高校の修学旅行以来かもしれない。

そういえば、彼女とは外で逢うばかりで……互いの家を行き来したこともなかった。当然、こうして夜を過ごしたこともない。

「手を繫ごうともしなかった。恋してると思えない……か」

確かに、陽向は彼女に軽々しく触れたことはない。手も握れなかったのだから、キスや婚前交渉など、もってのほかだ。

それらは、「おまえの母親への教育は、間違いだったんだろう。陽向に、同じ過ちは繰り返させない」と悔やんでいた祖父母の教えでもあったし、奔放だったという母親を反面教師としたわけではないが……陽向自身もそうあるべきだと思っている。

陽向なりに、彼女との関係を大事にしていたつもりなのだ。でも、彼女にとっては、だから『恋愛にならなかった』のだろうか？

ようやく冷静に考える余裕ができたことで、彼女とのこれまでを思い起こす。

プロポーズを断られた……フラれたことに落ち込むよりも、自身を省みて混乱が増すばかりだった。

寝返りを打った陽向は、横向きになって身体を丸くする。

「……独りぼっち、か」

こうして、独りきりで祖父の遺してくれた家で過ごすのも悪くないかもしれない。誰かと家庭を築こうなどと、大それたことを目論んだこと自体が間違いで、独り静かに平穏な日々を送れたらそれでいいのでは。

ぼんやりと考えていた陽向だったが、

「っ！」

衣擦《きぬず》れの音が耳に入り、ビクッと身体を震わせて背後の周防を窺い見た。

いつから起きていたのだろう。障子越しに差し込む淡い月光の中、ジッと陽向を見ているのがわかる。

なにか言い出すのを待っていたけれど、周防は無言だ。

「……周防？」

沈黙に耐えられなくなり、陽向から口を開いた。

まばたきをした周防は、布団から出した長い手を陽向に向かって伸ばしてくる。

「陽向、独りぼっちじゃない。俺がいる」

そう言いながら、ギュッ……と自然な仕草で手を握られて、トクンと大きく心臓が脈打った。

陽向より遥かに大きな周防の手は、あたたかい。

「慰めてくれてる……のかな。大丈夫だよ。淋しくない」

かすかに唇の端を吊《つ》り上げて、微笑を滲ませて言い返した。

独り言が聞こえていたに違いない。

周防なりに慰めてくれようとしているのだと思うが、陽向は独りぼっちを淋しいと思っているわけではない。

賑やかな生活を好む人もいると思うが、陽向は静かで穏やかな日々を望んでいる。もう……誰かと家庭を築こうという気もない。きっと、恋とか愛がわからない自分が結婚を考えたこと自体が、高望みだったのだ。

今となっては、彼女と結婚したかったのか……ただ単に、祖父母と同年代の老人から「家庭を持たないと一人前の男じゃないぞ」とか、「陽向ちゃんがいつまでも独り身だと、おじいちゃんも安心して極楽に行けん」などと、せっつかれるまま『結婚』というものに自分を当てはめたかっただけなのか、定かではない。

もしかして、身近な女性であれば彼女でなくてもよかったのでは、とさえ思う。こんな自分はフラれて当然だし、それで正解だった。

周防は無言だ。ただ……ジッとこちらを見ている。

「起こしてごめん。おやすみ」

周防に握られていた手をスッと引いて、身体を反対側に向けた。

あの日に見詰められるのは、なんだか苦手だ。

背後の気配を窺っても、周防が眠ったのかどうかわからない。

不審人物に対する警戒ではない。それなら、これは……なんだろう？

巧く説明できない奇妙な緊張を感じながら、息を潜めて身体を丸めた。

なかなか眠りは訪れてくれなくて、窓の外が白み始める頃になってようやく浅い眠りに落ちることができた。

□□□

植物園に出勤する陽向に連日ついて来る周防は、なにが物珍しいのか夢中で園内を見て回っている。

整備してある小道を普通に歩くだけなら一時間もかからない狭い敷地なのに、周防のようにしゃがみ込んだり蔓《つる》を手に取って眺めたりしていたら、丸一日かかってもすべてを見て回ることはできないだろう。

事務室の小窓からチラチラ外を見ていた陽向は、入り口をくぐったことを知らせる小さなチャイムの音に背後を振り向いた。

通りかかった人がフラリと訪れるということのない、寂れた植物園だ。滅多に客は来ないのだが……。

「あ、憲司《けんじ》」

チケット売り場を兼ねた小窓から覗き見た陽向の目に、同じようにこちらを覗き込んだところだった幼馴染みの顔が飛び込んでくる。

思いがけない至近距離で顔を突き合わせてしまい、さり気なく身体を引いた。

避けるような行動だったけれど、陽向が他人との接触を好まないことを知っている憲司は不快感を示すでもなく口を開く。

「……入るぞ」

「うん」

チケット売り場を素通りした憲司は、勝手知ったる……とばかりに小窓の脇にある事務室のドアを開けて、ズカズカと入ってきた。

事務机とセットになっているイスに腰かけている陽向の脇で足を止めて、右手に持っていた紙袋を差し出してくる。

「これ、お袋から差し入れ。今は、パン作りにハマってるんだとさ」

ほんのりとあたたかい紙袋を受け取った陽向は、そこから漂ってくる香ばしい匂いに頬を緩ませた。

「ありがと。憲司のお母さん、本当に料理上手だよね」

祖父母に引き取られて以来、二十年近くに及ぶつき合いがある憲司の母親は、陽向が現在独り暮らしだということを知っている。こうして時おり、憲司を通して手作りの食べ物を差し入れてくれるのだ。

母親の料理の腕を褒められた憲司は、何故か顔を顰《しか》めた。小さなため息をついて、

「それ、本人には言うなよ。調子に乗るから。アレ、憶えてるだろ？」

そう言いながらなおも渋い顔をする憲司に、陽向は曖昧な笑みを浮かべてうなずいた。

「う……うん」

確か……半年ほど前。ケーキ作りにハマっているという彼女から、ティータイムの誘いを受けて訪れた時だ。

一口食べたアップルパイのあまりの美味しさに感激した陽向が、「店で売っているものより美味しい」と褒めたら、「うちの男どもは一言も褒めてくれないのに、陽向ちゃんはイイ子だね」といたく感激してくれた。

それで終わればよかったのだが、憲司が一日置きに直径二十五センチはあろうかというアップルパイを運んできて……さすがに、五つ目で「堪能しました。もういいです」と白旗を揚げることとなったのだ。

苦笑を滲ませて天井付近に視線を泳がせている憲司は、きっと陽向と同じことを思い出しているのだろう。

目が合った陽向に、「二の舞を踏むなよ?」と忠告してくれる。

「でも、美味しいものは美味しいからなぁ。いい匂い」

ズッシリと重い紙袋を机の端に置いた陽向は、三つ折りになっている紙袋の口を開いて何気なく中を覗き込み……目を丸くした。

「こんなにもらって、いいのかな」

食パンが一斤、フランスパンは三十センチほどの長いものが一本丸々……その他にも、バタ―ロールや、メロンパンらしき形状のものもある。

「俺も、陽向は独りなんだからそんなに食えないだろって言ったんだけどさぁ。食パンは、スライスして真空パックに入れて冷凍したら、しばらく保存できるってさ」

「うん」

陽向だけなら食べきるのに何日もかかりそうだが、今は周防がいるから、さほど持て余すことはないだろう。

そう頭に浮かんだけれど、憲司が「そういえば」と切り出したせいで、口にするタイミングを逃してしまった。

「あの女、どうした？」

「また、そんな言い方……」

苦笑を浮かべて、憲司の「あの女」呼ばわりを諫《いさ》めた。

先週末、陽向がプロポーズに挑んだ彼女のことは、数回顔を合わせたことがあるので憲司も知っている。

ただ、憲司にとって彼女の印象はあまりよくないらしく、どうにも辛辣なのだ。

「何回も言うけど、俺からは、おまえのことをいいように利用しているだけにしか見えない。自分の都合で連れ回して……さ」

おつき合いをしている、と話した際に「どんなデートをしてるんだ？」とニヤニヤ笑いながら尋ねられて、子供向け映画を見に行ったり園児たちがお遊戯で使う道具の買い出しにつき合って荷物持ちをしたり……月に一、二度逢っていると答えた。

その途中で顔から笑みを消した憲司は、「悪いけど」と前置きをして同じことを口にしたのだ。

「日時も場所も、相手の言いなりだろ。傍《はた》から見れば、恋人同士って感じじゃないな」

あの時は、「そんな言い方をするな」と憲司を咎《とが》めた。

でも、今になって振り返ってみれば憲司の言葉は的を射ているのだった。

初めて異性と親密なつき合いをした陽向が、よくわかっていなかっただけで……。

一応、陽向にも男としてのプライドがある。少し迷ったけれど、格好つけて隠していてもそのうちわかるだろうと思い、ポツポツと口にした。

「……フラれた。プロポーズしたら、あっさり玉砕」

短く事実のみを語った陽向に、憲司は意外そうに目をしばたたかせる。十数秒の沈黙の後、なにを言うかと思えば……。

「そりゃ、めでたい」

そんな一言だ。

陽向は基本的に事なかれ主義で、衝突を避けたいがために他人に反論することもない。だが、さすがに聞き流せない反応だ。相手が気心の知れた幼馴染みということもあって、ムッと眉を顰めて言い返した。

「ひ、ヒドイだろっ、それ！　僕はフラれた、って落ち込んでいるのに」

「あー、悪い。今のはさすがに、悪かった」

憲司は、悪かったなどと本気で思っていない軽い口調だ。更に文句を続けようとした陽向の肩に、ポンと手を置く。

真顔で、「でもさ」と続けた。

「危惧していたより悪女じゃなくて幸いじゃないか。陽向が大した金を持っていないってことに気づいて、引き際だと思ったのかねぇ」

「あ、悪女？」

「そっ。俺、結婚詐欺を疑ってたんだよ。ま、勤務先も割れてることだし、そこまでやらかす気はなかったのか」

考えもしていなかった、結婚詐欺という物騒な言葉に絶句する。

目を丸くしている陽向に、憲司は苦笑してそう疑うに至ったらしい根拠を語った。

「身寄りがない上に、じいさんから引き継いだ家屋や植物園といった土地を持っている。自宅もここも、建物にはほとんど価値がないかもしれないけど、土地は立派な資産だろ。その上、女に免疫がない。いい鴨《かも》だ」

無遠慮な言い様だが、世間一般の人からの認識は似たようなものなのかもしれない。自分が世間知らずだということは、薄々感じていた。でも、こうして理路整然と突きつけられたら、腹を立てるよりも落ち込む。

「税金、安くないし……自由になるお金なんて、ほとんどないけど」

「まぁ、現実問題としてはな。どのタイミングで割って入ってやろうか考えていたけど、俺が余計なお節介をするまでもなく解決してなによりだ。祝わないと」

……どう考えてもおかしいだろう。

唇を尖《とが》らせた陽向は、ブツブツと文句を口にする。

「プロポーズを断られたって人間を、祝うって……。彼女の名誉のために、『詐欺未遂』じゃないってことだけは言っておく。彼女にとって、恋愛対象外で弟的な認識だったってだけなんだよ」

自分でも不思議なくらい淡々と、冷静に憲司の言葉を否定する。

腕組みをした憲司は、チラリと陽向を見下ろして悪びれることなく言い返してきた。

「しかしおまえ、プロポーズを断られたってわりに、落ち込んでいるようには見えないぞ」

「そ……うかな。初めて、ヤケ酒とかしちゃったけど」

幼馴染みらしい鋭い指摘をされた陽向は、首を捻った。

一大決心をして挑んだプロポーズを断られたのだ。落ち込まなかったわけではない。生まれて初めてのヤケ酒と、二日酔いを体験したのだから。

意識を飛ばすほどの深酒の勢いに乗じて、周防を拾ったらしい……と、そこまでは言えなかったけれど。

「でもさ、ヤケ酒くらいで吹っきれるなら、おまえにとってその程度の相手だった……ってことだろ」

「かも、ね」

そうではないと反論できなくて、渋々ながらうなずいた。

憲司には、陽向自身でさえ気づいていなかった色んなものがお見通しだったのかと思えば、なんだか少し悔しい。

「っと、配達の途中だった。帰りが遅くなったら、どっかでサボってただろって、姉貴に殴られる」

腕時計をチラリと見下ろした憲司は、慌てて身体の向きを変えた。

ドアノブに伸ばした手を止めて、陽向を振り返る。

「忘れるとこだった。ミントとカモミール、ってさ。大丈夫そうか?」

「あ、うん。あまりたくさんはないけど、用意しておく」

憲司は、姉が経営するお茶の専門店で働いている。日本茶や紅茶、中国茶だけでなく、独自に配合した薬効のあるハーブ類も置いてあるし、最近ではルイボス茶、マテ茶なども扱っているらしい。

この『嵩原植物園』でも、数種類のハーブを栽培していて、それらを憲司の姉が加工した上で商品化して売り出してくれている。

店頭に並べるだけでなく、他の茶葉を卸しているカフェに宣伝して注文を受けてくれたり、更に量産できればインターネットでの販売も視野に入れられると……予想外の広がりを見せていて驚くばかりだ。

植物園の入園料だけではここを維持するのでかつかつなので、今では貴重な収入源の一つになっている。

陽向では、観賞用以外のハーブの活用など考えられなかった。

幼馴染みということで加工に必要な実費のみで請け負ってくれているし、カフェなどへの仲介料に至っては無料だ。

明るく社交的で友人の多い憲司が、自分のような面白みのない人間の面倒を見てくれるのは、ひとえに『幼馴染み』故だろう。

手のかかる弟分を放っておけないからだと、憲司は冗談交じりに言っているけれど、本音に違いない。

現状では、陽向が一方的に甘えているだけで……なにかお返しをしたいと思っても、自分ができることなどなにもないのがもどかしい。

「じゃあな。あ、もう一つ忘れるとこだった。お袋からの伝言。近いうちに、飯を食いに来いってさ」

「うん。おばさんに、よろしく言っておいて。コーヒーの一つも出さずに、ごめん。わざわざ届けてくれて、ありがと」

「おー。ん……？」

今度こそ出て行きかけた憲司が、ふと視線を留める。事務室の窓の外に、人影を見たのだろうか。

「今日は、珍しくお客さんがいるんだな」

植物園内を散策している周防に気づいたらしく、ポツリとつぶやく。

陽向は、

「珍しくって、なんだ」

そんな言葉を返しただけだが、憲司は特に不自然だと感じなかったらしい。

笑って、「ホントのことを言って悪ぃ。あ、やべぇ……マジで殴られる」と言い残し、今度こそ慌ただしく出て行った。

周防のことを隠すつもりではなかったのだが、どう説明すればいいのか陽向自身も迷うところなので、追及されなくて幸いだった。

ふー……とため息をついた陽向は、園内側にある窓に目を向ける。

憲司の目に映ったはずの周防は、今は見当たらない。

生い茂る木々の木陰に入ったか、興味を惹かれるものがあって、しゃがみ込んでいるのかもしれない。

「飽きもせず、園内を見てるけど……周防には、面白いのかなぁ？」

自分のように、子供の頃から植物と接していて生身の人間を相手にするより草木の中にいるほうがいいというタイプならともかく……憲司など、木や花しかないところになんか三十分もいられないと言うのだが。

「犬だから……？」

ふと頭に浮かんだことを口にして、いやいやと首を左右に振った。

周防が言い張るものだから、釣られてしまいそうだ。あまりにも非現実的だと、理性では思うのに。

でも……。

「百パーセント、あり得ないとは言いきれない……かも？」

そんなふうに、犬だということにしておけば納得できる部分も、ないわけではない。周防には、『普通の人間』の枠に当てはまらないところが多々あるのだ。

「なんか、わかんなくなってきちゃった」

平凡だったはずの日々が、突如非凡なものになってしまった。

なにより不思議なのは、これまでとは打って変わった落ち着かない毎日をなんだか面白いと感じていることだけでなく、平穏を乱す要因でもある周防の存在を疎ましく思うことのない自分自身だ。

物事にすべて意味があるのだとすれば、周防が自分の前に現れたことの意味は……なんだろう。

その答えは、まだ見つかりそうにない。

《五》

周防にとって、陽向との日々は新鮮な驚きの連続だった。

呆気に取られた顔をする陽向を目の当たりにして、これまでの日常が世間一般の『普通』ではないことを初めて知った。

「陽向、目玉焼きはこれくらい？」

周防が呼びかけると、食器棚から白いプレートを出していた陽向が振り向いてフライパンを覗き込んだ。

「うん。周防は、とろとろの半熟よりも少し固いのが好きなんだよね。ちょうどいい頃合いだと思う」

陽向のお墨付きをもらった周防は、腕まくりをしてフライ返しを手に取る。

「じゃあ……いくよ」

目玉焼きの端を持ち上げるようにして、フライ返しを差し込んだ。

一番難しいのは、黄身を潰さず卵の殻を割ることだ。今朝は、珍しく二つともきちんと割れたのだが……最後の難関が待っている。

「よいしょ……っっ」

意を決してフライ返しを持ち上げたのだが、差し込みの角度が悪かったらしくオレンジ色の黄身が破れてしまった。

ショックのあまり呆然としていると、陽向が「あ、火を消していない」と言いながらガスを止める。

「……陽向、破れたほうと端が焦げて固焼きになったの、どっちがいい？」

二つの皿に目玉焼きを載せた周防は、しょんぼりと肩を落としてどちらがマシか尋ねる。

周防を見上げた陽向は、

「迷うなぁ。うーん……僕は、こっちにしよう。焦げてるってほどじゃないし……カリカリに香ばしいの、好きだよ」

そう言って、周防が右手に持っている皿を受け取った。予《あらかじ》め焼いてあったベーコンとグリルトマトを目玉焼きの脇に添えて、キュウリとサニーレタスを載せればモーニングプレートの完成だ。

「パンも、もう焼けたかな。周防、座ってて」

ダイニングテーブルを指した陽向は、トースターを開けてパンを取り出す。紙パックのチルドスープを注いで電子レンジにかけていたマグカップに、ジャムやバター……言われたままイスに座って待つ周防の前に、あっという間に朝食が揃《そろ》った。

自宅では厨房に入ることもなかった周防から見れば、毎回手際よく食事の準備をする陽向は魔法使いのようだ。

それも、洋食だけでなく和食や中華料理まで作れるのだから、すごい。

子供の頃から、いずれ『霧島』を背負うための教育を受けてきた。数ヵ国語を操るのは当然だったし、十歳になる頃には完璧なテーブルマナーを称賛された。

大学に入り、経済を学ぶよりも化学や薬学に興味を示したことで、政治経済からは遠ざかってしまったが……必要最低限の株式の動向は日々追っているし、一ヵ月そこそこの準備期間で『霧島』を継ぐ覚悟も自信もある。

そんな自分が、目玉焼きを綺麗に作ることにこれほど手間取るとは……想像したこともなかった。

フライ返しを手にして途方に暮れている場面を笹岡が目にすれば、「周防様がそのようなことをしなくてもよろしいのでは」と苦言を呈するに違いない。

陽向の手伝いにはなっていないかもしれないが、こうして厨房に立つのも意外と楽しいものだ。

「このパン、美味しいな」

千切ったバゲットを口にした周防は、どこのブーランジェリーのものだろうと目をしばたたかせた。

店名を聞いておいて、取り寄せるよう厨房スタッフに伝えるつもりだったのだが、陽向から は予想もしていなかった答えが返ってきた。

「口に合う？　僕の幼馴染みのお母さんが作ってくれたんだ」

「その母上は、専門店の職人？」

「ううん。主婦だよ。職人じゃなくて、素人《しろうと》。すごく料理上手な人で、すぐにでもお店を開けそうだ」

「……素人が、自宅で作れるものなのか」

パンなど、専門職の人間でなければ作れないかと思っていた。味はもちろん、左手にあるバゲットの形状や断面をマジマジと見詰めてプロフェッショナルの手で作られたものと比較しても、見劣りしない。

周防が食事の手を止めて考えているあいだも、陽向はマイペースで朝食を食べ続けている。身の回りの色んなものに興味を持った周防が、こうして考え込むことは初めてではないので、特に不審がる様子もない。

「あ、もうこんな時間だ」

時計を見上げた陽向がそう零したことで、周防は凝視していたパンから顔を上げた。テーブル越しに視線が合い、陽向は申し訳なさそうに言葉を続ける。

「ごめん、周防。今日は園にお客さんが来ることになっててちょっと急ぐんだ。とりあえずコーヒーだけ飲んで……パンやおかずはサンドイッチにしてあげるから、後で続きを食べてもらっていい？」

「……ああ」

周防がうなずくと、陽向は常になく慌てた様子で席を立った。

周防の前にあるプレートに残っているおかずをバゲットやロールパンで挟み、手早くサンドイッチを作ってラップで包む。

ミルクを足して温《ぬる》くしたコーヒーを飲み干した周防がイスから立つ頃には、使用済みの食器洗いまで終えていた。

普段の陽向は、Tシャツやパーカーにジーンズかコットンパンツというラフな服装で出勤するのだが、今日はシャツにジャケットを羽織っている。

「陽向、そういう服装で仕事に行くのは珍しいな」

「うん、一応お客さんが来るからね」

ネクタイにスーツというほどではないにしても、それなりの態勢で迎えなければならない来客ということか。

周防に説明する必要はないと思ってか、それ以上のことは語らない。

まぁ……誰だろうと、自分には関係ない。ダメと言われなければ、いつも通りに園内を散策していればいいだろう。

陽向から渡されたサンドイッチが入った紙袋を手にした周防は、いつにない急ぎ足で家を出る陽向の後について、徒歩十五分ほどの『嵩原植物園』に向かった。

□
□
□

嵩原植物園は、規模としては決して大きいとは言えない。ただ、栽培してある植物たちは希少種が多くて……実に興味深い。

霧島家は、昔から特殊な作用のある漢方薬の配合を手がけてきた。そのために必要な植物は、霧島家が所有する山林に自生していたり、希少なものになると鍵のかかる温室で厳重に管理していたり……手厚く育てているのだけれど、ここではそれらと似た系統のものが無造作に茂っている。

自宅にも植物園の事務室にも目録はあるし、チラリと目にした陽向のパソコンにもデータベースが整っているようだ。なにより、きちんと手入れされているのだから、価値がわからないわけではないだろう。

ただ、必要以上に過保護に扱っていない。どう表現すれば一番しっくりするのか、植物らしく自然と共に在るのだ。

艶々とした緑の葉には、ところどころ虫食いの跡がある。でも、周防が霧島の温室で目にするものより生き生きと枝葉を伸ばしているみたいだ。

こうして、土に根を張り……雨を受ける。そんな姿を目にすると、植物も生きているのだと改めて実感する。

研究所の机上で、刻んだ葉から抽出した成分をスライドグラスに乗せて顕微鏡を覗き込んでいた時は、ただの研究対象だった。こんなふうに、生命のあるものだなんて考えもせず……傲慢だったかもしれない。

「陽向は、違うもんな」

自分と同じように植物に関わっていても、接し方や考え方は正反対に近い。周防は有益に利用するためどうすればいいか調べ尽くそうとしていて、陽向は植物自身が快適に成長できるよう考えを巡らせている。

そのせいか、ここに生えている木々や草花は、温室で管理している植物たちのようなよそよそしさがない。

人懐っこい、という表現は妙かもしれないけれど、周防が足を踏み入れても拒まれている雰囲気がないのだ。

まるで、慈しむように清涼な空気に包まれる。

植物が発するマイナスイオン云々《うんぬん》など、業者が販売戦略のために打ち出した科学的根拠の乏しい主張だと高を括《くく》っていたのに、確かに癒されていると感じる。

いつものように園内を散策していた周防は、園の脇にある駐車場に大型車が入ってきたことに気づいて「あれ？」と屈んでいた腰を伸ばした。

艶々とした黒いセンチュリー。あの車には、見覚えがある。

「……客とは、笹岡か」

門が見える位置に移動した周防は、陽向に迎えられて事務室に入る人物を目に留めてつぶやく。

今の自分は、苦い表情になっているに違いない。だって……わざわざ、なんのためにここに来た？

立ち聞きはよくないとわかっていながら、足音を忍ばせて事務室の窓の下に立った。

窓ガラスが半分ほど開いているので、意図的に小声で会話をするのでなければ聞こえるはずだ。

予想通り、陽向の声が耳に入る。

「……大変ありがたいお申し出ですが、以前もお断りした通り、そちらの援助を受けさせていただく理由がありません」

漏れ聞こえてきた陽向の声は、周防に接する時よりずっと硬い口調だ。顔は見えなくても、想像はつく。

うつむき加減で……頬を強張らせて。長めの前髪や目元の眼鏡が表情を隠していることも相まって、他者を拒む空気を全身に漂わせているに違いない。

それに答える笹岡の声は、ほとんど抑揚のない淡々としたものだ。

「理由があれば、受けてくださいますか？」

「……と、申されましても」

陽向の声に滲む困惑が、更に深くなる。

陽向を困らせる笹岡に「やめろ」と言いたいところだが、こっそり立ち聞きをしている身だ。

しかも、陽向には人間にしてもらった『犬』だと言い張っていて……ここで自分が割って入るのは、どう頑張っても不自然だろう。

ジレンマに唇を噛む周防の存在を知る由もない笹岡は、いつもなら頼もしいばかりの冷淡な印象の口調で続ける。

「主が、嵩原植物園には大変感謝しているのです。先代の園長にも援助を申し出たのですが、頑《かたく》なに拒まれまして落ち込んでおられました。失礼ですが、こちらの園について簡単に調査をさせていただきました。経営状態は決して楽ではないはずです」

壁に背中をつけている周防は、ますます眉を顰めて「笹岡め」と嘆息した。

どうして、陽向を追い詰めるような言い方をするのだろう。だいたい、周防は無理にでも押しつけろなどと一言も言っていないのに。

「それは……確かに、仰る通りです。でも、だからといって僕が甘えてしまったら、先代に怒られてしまいます。せっかくのご厚意ですが、お持ち帰りください」

陽向は困惑を滲ませつつ、キッパリと断り文句を口にした。凛々しさと高潔さに、惚《ほ》れ惚《ぼ》れする。

笹岡はどう思ったのか、シン……と沈黙が流れる。

室内を覗き込むことはできないので、二人ともが黙ってしまったら様子を窺い知る術《すべ》がなくてもどかしい。

周防が唇を嚙んだところで、笹岡の声が聞こえてきた。

「では、本日はこれで失礼します。……こちらは、入園料です。少し、園内を見せていただいてもいいですか？」

「それは……構いません」

チャリッと小銭の触れ合う音に続き、事務室のドアが開く。周防は、背中を預けていた壁から身体を離して木陰に隠れた。

順路通りに歩けば、笹岡は五分もしないうちにこのあたりを通りかかるだろう。事務室の窓から見えない位置で捕まえて、どういうつもりか尋ねなければ。

周防は、緑の木々を縫って延びる小道の脇に身を潜めて、園内を散策するという笹岡が近づいて来るのを待った。

ジャリジャリと小石を踏む音に顔を上げると、大きな葉の向こうから人影が覗いたところだった。

笹岡も、小道の端に座り込んでいる周防の存在に気づいたようだ。目が合ったと同時に、足を止める。

立ち上がった周防は、視線でケヤキの幹の陰に誘導した。

この場所だと、事務室の窓から園内を見ても陽向の目には映らないはずだ。あいだに小川があるし、潜めた声で話さなくとも声が聞かれる危険もない。

周防が口を開く前に、笹岡が腰を折って深く頭を下げた。

「二週間ぶりです、周防様。お元気そうで、安心いたしました。その格好は……どうされたのですか」

ゆっくりと上半身を戻しながら、周防の足元から頭の上までさり気なく視線を移動させた笹岡は、ほんの少し眉を顰めて口を開く。

どうやら、この服装が気に入らないらしい。

「服も、靴も……陽向が買ってくれた」

ジッパーのついた紺色のパーカーの内側に、白いTシャツ。脚を包むのはほんの少し色落ちした黒いジーンズで、靴は動きやすいシューズだ。

植物園の中を動き回って土がついても手で払えば落ちるし、機能的な服装だろう。

周防自身は、気に入ってるのだが……笹岡はそっと首を振ってため息をつく。

「そんな安物を……おいたわしい。周防様より口出し無用と申しつかっておりましたが、このような扱いをされるのでしたら……」

「一ヵ月、私の思うようにすると……笹岡も了承して、協力を約束しただろう。なにをしに来た」

期日と決めた一ヵ月までは、まだ半分残っている。

せっかく、『霧島』を忘れて陽向との生活を楽しんでいるのに、笹岡が現れたことで現実を思い出してしまった。

疎ましいという思いを隠しもせず、笹岡を睥睨《へいげい》する。笹岡は、視線を足元に落として「申し訳ございません」と気落ちした声で答えた。

「しかし、そうは仰られても、心配です。なにか御入用のものがあれば……と、様子伺いをさせていただきたくて参じました」

「なにもない。……いや、ちょっと待て。陽向に受け取りを拒否されただろう」

なにを、という主語はあえて口にしなかったけれど、明確に伝わったようだ。笹岡は、小さく首を上下させる。

「はい」

「それの代わりに……」

思いつきを話して聞かせると、

「……了解いたしました。すぐにご用意いたします」

笹岡は、それをどうするのかいっさい聞き返すことも訝しむこともなく、大きくうなずいた。

妹の小夜香が言うには、周防を崇拝している……という笹岡らしい態度だ。これまでは当然のように思っていたけれど、しばらく彼と距離を置いたことで「普通」や「対等」ではないと知った。

周防の言葉は、絶対。たとえ、間違ったことを言っても……従うのだろうか。

こんな疑問が浮かぶこと自体、周防にしても不思議だった。

「周防様？」

「あ……もういい。今後、いっさい余計なことをしないでくれ。陽向を困らせるな」

「差し出がましい真似をしまして、申し訳ございませんでした。あと、周防様にこちらを渡したかったのです」

こちらと言いながら、スマートフォンを差し出される。

チラリと目を向けた周防は、露骨に嫌な顔をしているに違いない。それでも、笹岡は珍しく引くことなく懇願してきた。

「お願いですから、連絡手段をお持ちになっていてください。クレジットカードや現金さえ持たず、無茶をなさって……これだけは、引き下がれません」

「陽向が服を買ってくれたり、食べさせてくれる。後で礼をするつもりだ」

今は甘えているけれど、後ほどきちんと精算しようと思っている。最初に『犬』だから無一文だと言った周防に、陽向は一言も不満を零したり嫌な顔をしたりしないけれど……それほど余裕のある生活ではないはずだ。

「ですが、なにか不測の事態が起こらないとも言いきれません。お困りのことがありましたら、どうか笹岡にご連絡ください」

「…………」

必死に頼み込まれてしまうと、突っぱねきれなくなってしまった。

仕方がないなと、ため息をついてスマートフォンを手にする。

「ありがとうございます。それでは私は、これで失礼します」

ホッとした顔で頭を下げた笹岡は、周防に背を向けて来た道を戻って行った。彼の気配が完全になくなったところで、チッと舌打ちをしてケヤキの幹にもたれかかる。

「現実に引き戻された気分だ」

笹岡が残して行ったスマートフォンが、忌々しい。首輪をつけられたみたいだ。

ギュッとスマートフォンを握った周防は、ジーンズのポケットに捻《ね》じ込んで目を閉じた。

自分の自由にできる一ヵ月は、残り半分。

この生活が楽しくて、ずっと続くように錯覚をしていた。

まだ半分あると思えばいいのに、もう半分しか残っていないと焦燥感に似たものが込み上げてくる。

「陽向は、どう思っているんだろうな……」

一ヵ月という約束で、家に置いてくれることになったのだ。

早く一ヵ月が過ぎて、出て行ってほしいと……そう言われるかもしれないと思えば、直接尋ねる勇気はない。

せめて、陽向のために『なにか』を残さなければ。

周防はそう決意を新たにして、閉じていた瞼《まぶた》を開いた。

□□□

笹岡と『嵩原植物園』で話をした翌日。

深夜、陽向に隠れて密かに受け取ったものを一旦地中に埋める。シューズの底で踏み固めると、今度は素手で掘り返して……「よし」とうなずいた。

いい具合に汚れがついた。これなら、今から目論んでいることに説得力を持たせることができるはずだ。

「陽向。陽向っ」

名前を呼びながら事務室のドアを開けた周防を、机に置いてあるパソコンに向かって作業をしていた陽向が振り向いた。

「周防？　お昼ご飯にはまだ早いけど……どうかした？」

勢いよく事務室に入ってきたせいか、不思議そうに首を傾げている。

周防は大股で事務室の奥に歩を進めると、こちらに身体を捻っている陽向の前で立ち止まる。

イスに腰かけたまま不思議そうに周防を見上げる陽向に向かって、手のひらに乗せたものを差し出した。

「……？」

陽向は、無言で凝視している。

眼鏡のフレームが邪魔でハッキリと表情が見えないけれど、これがなにかわかっていないのかもしれない。

陽向がなにか言ってくれるのをしばらく待っていたけれど、反応が鈍いことに焦《じ》れて待ちきれなくなった。

周防は、

「一番大きな樹の根元を掘ったら、出てきたんだ」

そう言いながら、左手のひらに乗せたものの一つを右手の指の腹でこする。

泥汚れを除くと、歪《いびつ》ながら小判型の形状と、窓から差し込む太陽光を受けて光るのがハッキリ見て取れたはずだ。

すると、ようやく陽向が口を開いた。

「……ここ掘れワンワン、って？　冗談だろ」

訝しげにつぶやいた陽向は、啞然とした顔で周防を見上げている。

周防は、眼鏡のレンズ越しに視線を絡ませて「冗談じゃないよ」と続けた。

「俺、ほら……犬だからっ。ここの庭から出てきたんだから、陽向のものだよな？　これがあったら、柵の壊れたところとか……直せる？」

周防の言葉を黙って聞いていた陽向は、徐々に表情を曇らせる。

喜んで金色の小判を手にするかと思っていたのに、周防から受け取ろうともしない。まるで、怖いものがそこにあるかのように視線を逸らす。

「陽向？」

「どこに……あったって？」

硬い口調で尋ねられて、先ほどと同じ言葉を返す。

「一番大きな樹の根元だよ。掘ったら、出てきた」

陽向も知っているようだが、昔話にヒントをもらったのだ。

恩人であるお爺《じい》さんに恩返しをしようと、犬が『ここ掘れワンワン』と示した場所から、大判小判がザクザクと出てきて……お爺さんが大喜びする。

周防も、それを倣ったつもりなのだが。

「……戻してきて」

陽向はニコリともしないどころか、何故か怖い顔で短く口にした。

そんな反応を想像もしていなかった周防は、

「え？」

と、目を見開いて聞き返す。

顔を上げて周防と目を合わせた陽向は、視線を逸らすことなく毅然《きぜん》とした調子で口を開いた。

「元あったところに、埋めてきなさい」

「なんでっっ？　だって……」

「掘ったら、出てきた？　だからって、簡単に僕のものにはできないよ。もしそれが本当なら、文化的な価値があるかもしれないから専門家にきちんと調査や鑑定をしてもらわないといけない。過去にこの土地を所有していた人のものだったら、その人が正当な所有者だ。本人には無理でも、子孫にお返ししないと」

「そんなの、ダメだ。正当な所有者なんて、いない。俺は、陽向のために……あ」

つい、陽向のためのものだ……と口を滑らせてしまった。

周防の失言の意味は、明確に陽向に伝わったようだ。ため息をついて、「変だと思った」と淋しそうな顔をしてしまう。

周防は、どうにかして陽向を喜ばせたかっただけだ。それなのに、逆に悲しそうな顔をさせてしまった。

「陽向……ごめん。だって、陽向は望みを言ってくれないから」

「周防に金銀財宝の在《あ》り処《か》を教えてもらおうなんて、思ってないよ。しかも、どこでどう用意したの？　周防の本当の目的は……なに？」

本当の目的。

そんなもの、聞かれても答えられない。周防自身にも、未だによくわからないのだ。

黙り込んでしまった周防に、陽向は大きなため息をつく。嫌われてしまった？　と怖くなり、肩を竦《すく》ませた。

「ともかく、それは……僕のものにはできない。金網が破れていたり、老朽化しているとこ

ろがそんなに気になる？」

「う……うん」

嫌いだ、と。背中を向けられなかったことにホッとして、尋ねられたことに大きくうなずいた。

周防も、アンティークと呼ばれるかつての美術品や生活道具、経年によって魅力を増すものの存在は否定しない。自然や建造物にも、古いからこそ美しいものがたくさん存在すると知っている。

でも、この『嵩原植物園』は……陽向自身も言った通り、「老朽化」してボロボロになっているところが目につくのだ。

寂れた印象を抱かせるという外見的な問題だけでなく、草花の手入れをする陽向や時々やって来る客が、飛び出た針金に引っかけて怪我をしたら大変だと思う。

ジッと周防を見ていた陽向は、思いがけない言葉を続けた。

「じゃあ、周防が直してくれるかな？」

「お……俺、が直す？」

「うん。よければ、だけど。金の小判を『ここ掘れワンワン』してくれるより、周防が自分で修理してくれたほうがずっと嬉しいな」

唇の端に微笑を浮かべた陽向に、周防は数回目をしばたたかせて意味を解し……コクコク

椎崎 夕［近すぎて、遠い］
ill.花小蒔朔依●600円（本体価格571円）
和泉 桂［魔法のキスより甘く］
ill.コウキ。●620円（本体価格590円）
真崎ひかる
［魔法のリミット］
ill.相葉キョウコ
●600円（本体価格571円）
凪良ゆう
［雨降りvega］
ill.麻々原絵里依
●620円（本体価格590円）
鳥谷しず
［間違いだらけの恋だとしても］
ill.鈴倉 温●620円（本体価格590円）
新装版
崎谷はるひ
［その指さえも］
ill.ヤマダサクラコ●650円（本体価格619円）
文庫化
雪代鞠絵
［月夜の王子に囚われて］
ill.緒田涼歌●620円（本体価格590円）
2013年
12月刊
毎月15日発売
幻冬舎 ルチル文庫
2014年1月17日発売予定 予価各580円（本体予価各552円）
神奈木智［あの空が眠る頃］ ill.六芦かえで
高峰あいす［約束の花嫁］ ill.陵クミコ
染井吉乃［蜜月《ハネムーン》サラダを一緒に］ ill.穂波ゆきね
水上ルイ［ゆるふわ花嫁修業 初めての発情期］ ill.花小蒔朔衣
神香うらら［英国紳士の意地悪な愛情］ ill.椿森 花
かわい有美子［東方美人《オリエンタル・ビューティー》］ ill.雨澄ノカ《文庫化》
愁堂れな［罪な復讐］ ill.陸裕千景子《文庫化》
最新情報はこちら➡［ルチルポータルサイト］http://rutile-official.jp

新連載
巻頭カラー
如月弘鷹
センターカラー
奥田七緒
三崎 汐
★最終回
雪代鞠絵＋
高久尚子
松本ミーコハウス
秋葉東子
平喜多ゆや
四宮しの
未槻 直
★大好評連載陣
山本小鉄子
田倉トヲル
ARUKU
田中鈴木
木々
吹山りこ
テクノサマタ
花田祐実
崎谷はるひ＋
鰍ヨウ
和泉 桂＋
金田正太郎
★シリーズ読みきり
嘉島ちあき
★読みきり
コウキ。
内田つち
広乃香子
高尾鷹浬
赤佐たな
風雅ゆゆ
◎表紙:テクノサマタ
◎ピンナップ:星野リリィ
ルチル
Rutile
キュート&スウィートなボーイズコミック♥
vol.57
◆奇数月22日発売◆隔月刊
大好評発売中!!
680円
(本体価格648円)
W全サ
表紙イラスト図書カード応募者全員サービス
(応募者負担あり)
ルチル隔月刊化7周年記念表紙イラスト壁かけカレンダー応募者全員サービス

とうなずいた。

「わかった！　俺が直す」

初めて、陽向が周防に望んでくれたのだ。

この期待には、絶対に応えなければならない。金網の修理などしたことないけれど、着手してみたらなんとかなるはずだ。

「無理はしなくていいから、できる範囲で……」

「大丈夫だ。新品みたいにするから」

胸を張って「任せろ」と請け負った周防に、陽向はどことなく不安気な苦笑を滲ませている。

陽向が笑ってくれるなら、修理くらいお安い御用だと……受け取ってもらえなかった、土汚れのついたままの金貨をギュッと握った。

《六》

気になってチラチラと窓の外に目を向けても、生い茂った木々の葉が視界を遮って様子を窺《うかが》い知ることはできない。

大工道具一式が収まっている工具箱を持ち出した周防《すおう》は、朝から破れた金網や壊れた柵の修理につきっきりだ。昼食で一旦休憩したものの、そそくさと作業の続きに取りかかってしまった。

長い指が、傷だらけだった。

周防本人は、「任せろ」と自信たっぷりに胸を張って言ったけれど、これまで接してきた陽向《ひなた》には周防が日曜大工の類に慣れているとは思えない。まるで、どこかの国の王子様のように、物知らずなのだ。

修理を頼んだのは、陽向だ。心配になって手伝いを申し出ても、陽向のために一人でやりたいと手出しを嫌がられてしまったので、こうして事務室で案じるしかできない。

「……あの小判、っていうか金貨……か、なんだったんだろう」

ふと、大きな手のひらに乗せられていた小判型の金貨が思い浮かぶ。

驚いた陽向は手に取ることさえなかったけれど、今となっては金メッキの施されたオモチャだったのでは……と考えている。

「あんなふうに拒絶して、悪かったかな」

周防は、彼なりに一生懸命に陽向を喜ばせようとしていたのだから、頭ごなしに突っぱねて申し訳ないことをしたと反省しきりだ。

「本物のわけ、ないもんなぁ。大人げない態度を取っちゃった」

ため息をついてうつむき、その拍子にズレた眼鏡を戻す。

ついでに思い出したのは、二日ほど前にここを訪ねてきた一人の男性の存在だ。周防と同じように、老朽化した園の修繕費にでも……と資金援助を申し出てくれた。

陽向の記憶には残っていないが、祖父が健在だった頃も他界した後にも、提供を持ちかけてくれたらしい。

年に数回、寄付の申し出やスポンサーになるので植物園の管理や権利の一部を譲渡してくれないかという誘いがある。

けれど、祖父も陽向もそれらすべてをお断りしてきた。

理由はいくつかあって……。

「じいちゃんも、必要以上の金なんて邪魔なだけだって言ってたもんな」

人間には身の丈というものがあり、分不相応な欲や望みはロクなことにならない。植物たちの維持管理ができていれば、それでいいという考え方だった。

なにより、この植物園には祖父曰く『少し特殊』な植物がいくつかある。

単体では毒にも薬にもならないが、根を加工して他の植物と配合したり……数種類の種子と混ぜ合わせたりすることで、様々な効果を有する良薬になり、一転して劇薬にもなるという。

祖父が、なにを思ってそういう特殊な植物を栽培していたのか陽向にはわからない。ただ、祖父が懸念していたように悪用される可能性があるのなら、ここから持ち出される危険にさらさないのが一番だ。

名刺を受け取ることもなかったので、今まで接触してきた企業名さえ記憶に留めていないけれど。

ただ、ここしばらくで老朽化が目に余るほど進んでいたのは事実だ。陽向自身の手で修理を試みたこともあるけれど、どうも自分に日曜大工の才能は皆無らしくて不格好にしかならなかった。その上、すぐにまた修理が必要な状態に戻ってしまう。ついには、諦めてしまった。

「周防、大きな怪我をしなければいいけど」

すり傷や、引っかき傷だけで済めばまだいい。

ノコギリや金槌《かなづち》、大型カッターで大怪我をしたら、思いつきで頼んでしまったことを悔やんでも悔やみきれない。

　悪いことばかり考えてしまう。

「やっぱり、様子を見に行こう」

　いてもたってもいられなくなって、周防には嫌がられるかもしれないけれど傍《そば》についていよう……と決めた。

　パソコンをスリープモードにしてイスから立ったところで、来客を知らせる小さなチャイムが鳴り響く。

　なんてタイミングで、珍しい来客が……と表情を曇らせそうになったが、なんとか微笑を浮かべてチケット売り場の小窓から外を覗《のぞ》いた。

「いらっしゃ……っと、憲司《けんじ》か」

「なんだよ、その言い方」

　憲司は、目が合ったと同時に笑みを消した陽向に苦笑して、そう文句を投げてくる。

　本気で腹を立てているのではなく、コミュニケーションの一環だとわかっているけれど、今の露骨な態度はあまりにも失礼だったと反省した。

「ごめん。お客さんかと思って……」

「貴重な客じゃなくて、悪かったな。姉貴が、ハーブティーのサンプルができたから持って行け……ってさ。そっち、入るぞ」

「うん」

手に持っていた小さな紙袋を小窓越しに陽向に見せた憲司は、チケット売り場の脇にある事務室のドアを開けて入ってきた。

今日も外回りの合間に寄ってくれたらしく、彼の姉が経営するお茶専門店のロゴが入ったエプロンを着けている。

男女兼用のシンプルな臙脂《えんじ》色のエプロンだが、上背のある憲司がエプロンを着用している姿はなんとなくアンバランスで茶目っ気がある。

「こっちが、カモミールブレンドで……これがレモングラス。あと、茶葉を卸しているティーハウスで客に出すクッキーの試作品だと。陽向のハーブは、農薬を使ってないからケーキや焼き菓子にも使えるって、すげー喜んでたらしい」

紙袋の中身を事務机に並べながら、一つずつ説明してくれる。

丸いクッキーが透けて見えるパッケージを出したところで、それを指して憲司は渋い顔をした。

「……ハーブクッキーって、俺にはいまいち味がよくわからんけどおまえ、美味《うま》いって思うか？」

「んー……独特の風味があって、美味《おい》しいかな。苦手な人は苦手だよね」

俺にはよくわからん、と。難しい顔のまま首を捻《ひね》っている憲司に、陽向はクスクス笑ってしまう。

外見は、明るい色に脱色した髪を長めに伸ばして、カラフルなゴムで括《くく》っていたり……と、最近の若者らしい感じだ。

でも、食の好みは意外なほど保守的なのだ。

「試食させられて、茶葉の混ざったシフォンケーキがマズイって言ったら姉貴に殴られた。だからフラれるんだよ……って、ヒデーと思わねぇ？」

大袈裟《おおげさ》に嘆いて見せた憲司に、陽向は苦笑するしかない。

外国から入ってきた、このところ流行《はや》りのデコレーションを施した凝ったパンケーキなどより、彼の母親が作る昔ながらの素朴なホットケーキのほうが口に合うらしい。

わざわざ、二時間も並んで食うものだとは思えんと難色を示したことが原因で、彼女にフラれたと聞いたこともある。

その彼女曰く、「ママのケーキだけ食ってろ。マザコン」だそうだ。

「お姉さん、相変わらず強いな。……容赦ないね」

憲司の姉は、凛々《りり》しい雰囲気の美人だ。学生時代は、雑誌のモデルをしていたこともあるらしい。

ただ、憲司に言わせれば、

「人遣いが荒いし、凶暴だ。女が拳《こぶし》で殴るか、普通。見た目に騙《だま》される男が哀れだ。……おまえの方が可憐《かれん》だな」

と、いうことらしい。

性格も外見的にも、男として頼りないことは自覚している。だからといって、可憐だなどと言われても、当の陽向にとっては嬉しくもなんともない。

「それ、全然褒めてないから。……時間があるなら、コーヒーでも淹《い》れようか？　冷たいお茶がよければ、冷蔵庫から好きなの出して」

「ああ……じゃあ、茶をもらう」

事務室の隅にある小型冷蔵庫を開けた憲司は、缶のお茶を取り出して事務机の端に浅く腰《こし》かけた。

プルタブを開けてお茶を一口含み、スリープモードにしてあるパソコンをチラリと見下ろす。

「そういや、どっか外国から問い合わせメールが来てたって言ってたよな。なんだったか、ナントカって草の種を分けてくれ、だっけ。どう断ろうって悩んでたけど、無事に解決したのか？」

ふと、半月ほど前の話題を思い出したように口にした。

英語で綴《つづ》られたメールの和訳と返信に四苦八苦したことが思い浮かび、陽向は「うん」とうなずいて苦い表情で答えた。

「なんとかダメだって納得してもらえたみたいだけど、大変だった。あれ、国外に持ち出せないものだったし」

嵩原《たかはら》植物園は、園内にある植物の目録を公開していない。特殊な植物の存在をどこで知ったのかも含めて、不気味だった。

「あー……税関で引っかからないよう、普通郵便に偽装してコッソリ送れ、ってか？　犯罪の片棒を担ぐのは、ごめんだよなぁ」

「う……ん。しかも、$《ドル》マークの後に数字がずらっと並ぶ、怖い額を提示されたんだよね。そんな価値があるのかな」

ゼロの数がいっぱいだった、と指を折る。

憲司は、あえて詳しく尋ねようとせず頬《ほお》を引き攣《つ》らせた。

「そいつは怖いな。じいちゃん、謎の人物だよなぁ」

寡黙な祖父は、孫の陽向にも多く語ることなく彼岸へと渡ってしまった。幸いなのは、多種多様な植物の目録やそれらが有する毒性などについての特性を、きちんと書面に残しておいてくれたことだ。

「うん。どこからともなく苗や種を見つけてきたりもらってきたりして、育ててたから……孫の僕からしても、謎の人かな」

子供の頃から引っ込み思案で友人の少ない陽向にとって、この植物園は絶好の遊び場だった。

高校卒業後は本格的に園の運営などに携わっていたこともあって、園内の植物については一通り把握しているし、最低限の知識も頭に入っているけれど……陽向が背負うには重いものもある。

「でも、おまえのことは大切にしてた」

「うん。……それは、ちゃんとわかってるよ」

自分が鬼籍に入った後、たった独りで残されることになる陽向のことを案じてくれていたのだということは、預金通帳や保険証書からも明らかだった。

無愛想で、頑固な気質が深く刻まれた顔の皺《しわ》にまで表れていて……言葉でハッキリ言うタイプではなかったけれど、陽向のことは大事に思ってくれていたのだとわかっている。

壁に沿って置かれた書棚の前、古びたソファに腰かけて植物についての本を読んだり、なにやらノートに書き記したりしていた祖父を思い浮かべる。今でも時々、このソファに祖父の気配を感じることがある。

ぼんやりソファを見詰めていた陽向は、憲司のポケットの中で携帯電話が鳴ったことで、ハッと現実に立ち戻った。

「ごめん、電話……出て」

陽向が祖父のことを語れる相手は、憲司だけだ。つい引き留めてしまったけれど、彼は仕事中だった。

「メールの着信音だから、大丈夫だ。陽向のところに寄ってたって言えば、姉貴もそんなに文句言えないだろうし。可愛《かわい》げのない実の弟より、陽向のほうがカワイイってさ。……お袋も同じことを言ってたな」

「はは、ありがとう。相変わらず、仲がいいね」

「ああ？　どこが」

憲司は不満そうに唇を尖《とが》らせたけれど、子供の頃から才色兼備な姉は彼の自慢だと知っている。

照れ隠しで、素直になれない憲司は……昔から変わらない。

うつむいて憲司から顔を隠した陽向がコッソリ肩を震わせていると、外から事務室の扉が開かれた。

「陽向、……あ」

周防の声にパッと顔を上げると、憲司も驚いたように戸口を振り返る。

左手に金槌、右手でドアノブを摑《つか》んだままの体勢で動きを止めている周防は、事務室に陽向以外の人間がいることなど考えもしていなかったのだろう。

シン……と奇妙な沈黙が流れる。風が木の葉を揺らす音だけが聞こえる中、意外にも周防が一番に我に返ったらしい。

「ごめん。お客さん……いたのか。後にする」

そう口にして、踵《きびす》を返した。

「あ、周防……っ」

なにか用事があったのでは、と陽向が声をかけても、聞こえなかったはずはないのにドアを閉めてしまった。

再び沈黙が落ち、今度は憲司が口火を切る。

「誰だ、今の。植物園の客じゃないよな？」

怪訝《けげん》な顔で、閉じたドアを見ている。

周防のことを、憲司にどう説明すればいいか……考えていなかった。ただ、いつまでも黙っているのは不自然だろう。

「陽向？」

返答を催促しようとしてか、ドアから視線を逸《そ》らしてこちらに顔を向けた憲司と目が合う前に、ポツポツと口を開く。

「……老朽化した柵とか金網の、修理をしてくれているんだ」

嘘《うそ》ではない。ただ、詳細を端折《はしょ》っただけだ。

陽向の簡潔な答えに、憲司は納得したような……していないような、曖昧な笑みを浮かべて首を傾《かし》げた。

「へぇ……業者？　にしては、親しげだったか。おまえが名前で呼び合う相手なら、昨日今日の知り合いじゃないよな」

長いつき合いの憲司は、陽向の交友関係が極端に狭いことを知っている。幼馴染《おさななじ》みということもあり、ファーストネームで呼び合うほど親しい陽向の知人はイコールで憲司も見知った相手で……。

「あーんなインパクトのあるイケメン、一回でも見かけたら忘れないだろうけど、俺は初めて……ん？　いや、どこかで見たような気が……あれ？」

憲司の言葉は、途中から独り言の響きになる。なにやらブツブツつぶやきながら、ますます不思議そうに首を傾げていた。

陽向は、どうして周防のことを憲司に話せなかったのだろう……と、自分でもわからなくなってしまった。

相談すればよかったのだ。自称『犬』だと言っていたけど、どう思う？　と。

嘘をついたわけではないけれど、咄嗟《とっさ》に誤魔化すような言い方をしたせいで、切り出すタイミングを逃してしまった。

「あー、モヤモヤする。絶対、どっかで見たと思うんだけどなぁ……」

腕を組み、険しい表情で唸《うな》っていた憲司だったが、携帯電話が鳴り響いたことで腕組みを解《ほど》いた。

「ヤベ」

鳴りやまない着信音は、メールではなく電話らしい。仕方なさそうに吐息をついて、携帯電話を耳に押し当てる。

「ハイハイ、……っっわかってるよ！　もうすぐ戻るって」

陽向にまで、電話の向こうで『どこで道草食ってるのよ！　給料カットするよ！』と叱責する憲司の姉の声が聞こえてきた。

つい苦笑を滲《にじ》ませてしまい、通話を切った憲司に横目で睨《にら》まれる。

「笑ってんなよ。本当に怖ぇんだからな」

「……うん、ごめん。僕が引き留めてた、って謝っておいて。あ、あとサンプルのお礼も。試飲させてもらって、また感想を伝えます……って」

「わかった。じゃあな。さっきの業者、どこで見たか思い出したら連絡するわ」

憲司は大きく息をついて、携帯電話をポケットに捻《ね》じ込む。それだけ言い残すと、慌ただしく出て行った。

事務室に残された陽向は、窓の外に目を向けて小さくつぶやく。

「業者……じゃないんだけど」

でも、憲司がああ言うからには、やはりどこかで接したことのある人なのだろうか。

周防自身が『犬』だと言い張るものだから、つい深く考えずに存在に馴染んでしまっていたけれど……。

「って本当のことを言ったら、憲司にメチャクチャ怒られそうだなぁ。半月も家に住まわせてることを黙ってたってだけでも、文句を言われそうだし」

おまえには危機感がないのか、とか。頭の中がお花畑かよ、とか。

彼が言いそうなセリフまで思い浮かび、苦笑を深めた。

「大丈夫？」

表情を曇らせて、長い指に大判の絆創膏《ばんそうこう》を貼りながら尋ねる。周防は、「平気だ！」と胸を張った。

綺麗《きれい》な指が、傷だらけだ。

「これくらい、舐《な》めてたら治ると思うけど」

周防は、すり傷や切り傷にベタベタと絆創膏を貼る陽向に、大袈裟だとため息をつく。

「……ダメだよ。きちんと消毒しないと。破傷風とか、怖いんだからね」

「う……うん」

眉《まゆ》を顰《ひそ》めて「破傷風」と口にした陽向に、周防は神妙にうなずいた。

ふと、違和感を覚えるのはこういう時だ。

家事を中心とした、日常に関しては驚くほど物知らずなのだ。でも、破傷風がどのようなものなのか、的確に知っているような反応だった。

世間一般の人は、照明から伸びる紐《ひも》を力任せに引っ張って引き千切ったりしない。けれど、破傷風菌がどれほど怖いものか、どこまで正確に把握しているだろう?

知識が偏っている……そんな簡単な一言では済ませられない違和感が湧く。

「いくら、周防が犬だからって……舐めて消毒にはならないんだからね」

ほんの少し、試すつもりで『犬』という言葉を口にする。周防は、自分の指に巻きつけられた絆創膏をジッと見ながらコクコクとうなずいた。

「そ、そっか。人間って面倒だな」

その表情には、陽向がわざとそんな物言いをしたのだと……疑っている様子はない。

陽向は周防を試すようなことをした自分に対して嫌な気分になり、首を左右に振って頭に浮かんだ疑問を振り払った。

半月も一緒にいるのだから、周防が変なことを企んでいるわけではないとわかっている。なにか、よほどの事情があって『犬』のふりをしているのだろう。

でも、『犬』を装ってまで自分の前に現れなければならない事情とは……なんだ? 結局、堂々巡りだ。

埒《らち》の明かない思考を頭の隅に追いやって、救急キットのボックスを片づけた。

「夕ご飯、どうする？　帰りに、スーパーに寄って帰ろう。柵や金網を修理してくれたお礼に、周防のリクエストに応えるよ」

まだきちんと直っていない、途中だから……と言って、陽向に見せてくれない。

でも、丸一日かかりきりで作業してくれたのだから、夕食のリクエストくらいお安い御用だ。

なんでも好きなものを言って、と促した陽向に、周防はほんの少し考える素振《そぶ》りを見せて……。

「うーん……あれ、か……これ、ううう……決めたっ。陽向特製のコロッケ！　すごく美味しかった」

そう、嬉々として答えた。

いくつか候補があったようだが、コロッケに落ち着いたらしい。そういえば周防は、先日陽向がコロッケを作った時、台所に立った陽向の脇で不思議そうに調理過程の一部始終を見ていた。

こうして作るのか、と。感心しきりだったけれど、出来上がったものを一口食べた途端驚くほど感激していたのだ。

こんなに美味しいもの、初めて食べた！　とまで称賛されて、陽向のほうが恐縮してしまった。

だって、テレビで見るような松阪牛やら伊勢海老やらの高級食材を使ったわけでも、特別なソースを添えたわけでもない。

シンプルに、ジャガイモと炒《いた》めた玉ねぎとひき肉、ニンジンを塩コショウで味付けしただけのもので、溶けるチーズを中心に仕込んだのはオマケ程度の創意工夫。

ソースに至っては、醤油《しょうゆ》か市販のソース、ケチャップの中から好きなものをどうぞと並べた手抜きだった。

周防は、まるで初めて目にするもののように不思議そうにソースの容器を見ていたけれど、このままで美味しいと味付けをせずに食べきってしまった。

「コロッケだけでいいの？　豚汁もつけようか」

周防が気に入っているらしいメニューを口にすると、嬉しそうに笑って「二つも、いいのか？」と返してくる。

子供みたいな喜び方が、なんだかくすぐったい。

外見は自分より年上の同性……しかも隙のない男前といった風情なのに、自然と可愛いと感じてしまう自分に戸惑った。

「ち、ちょっと早いけど閉めて帰ろうか」

「コロッケ作るの、見ててもいい？」

「それは……いいけど。面白い？」

「うん。陽向が調理をするのも……シャツにアイロンをかけるのも、魔法みたいだ。スルスル器用に手が動いて……すごい。陽向は、俺ができないことがなんでもできるんだな」

陽向にしてみれば、他にしてくれる人などいないのだから……自分の身の回りの家事を自ら行うなど、当然のことだ。

それを褒められてしまうと、どう返せばいいのか困る。

「……あ、ありがと」

結局、そっと周防を見上げてしどろもどろに礼を口にした。人づき合いが苦手な陽向には、これが正解なのかどうかわからないけれど。

陽向を見下ろしている周防は、不思議そうに目をしばたたかせたかと思えば、突然両手を伸ばして抱きついてきた。

「す、周防っっ？」

不意打ちに驚いた陽向が身体《からだ》を震わせると、パッと離れていく。

なに？　なんで？

驚くあまり、心臓が……ドクドクと、激しく脈打っている。息苦しさを感じた陽向は、シャツの襟元《えりもと》をギュッと握り締めて周防を窺い見た。

陽向と目が合った瞬間、

「ご、ごめん。ビックリさせた。お、俺……犬だから、ついっ」

何故か、周防も狼狽《ろうばい》したように視線を泳がせて口を開く。それきり視線を絡ませることができなくなって、イスごと互いにそっぽを向き合った。

「そ、そっか。ワンコは、嬉しかったり楽しかったりしたら、ぴょんぴょん飛び跳ねて全身で喜びを表すもんね。そんなにコロッケと豚汁、嬉しい？　じゃあ、早く帰って作らないと……だね」

いつになく饒舌《じょうぜつ》になっているという自覚はあるけれど、無理やりにでもしゃべっていなければ落ち着かない。

陽向の言葉に、周防は、

「う、うん。俺、犬だから……ごめんっ。戸締り、手伝うよ」

と、早口で答えて立ち上がり、大股で窓に歩み寄った。こちらに向けられた広い背中をジッと凝視する。

こうして背中を見ているだけでは、どんな顔をしているのか……想像もつかない。

「えっと、鍵……って、こうだったよな？」

周防もそわそわ落ち着かないようで、勢いよく窓を閉めて鍵を施す。

なんだろう……。

周防も自分も、なにか変だ。

こんなふうに鼓動が乱れることなど、普段はないのに。

ドキドキ……心臓が激しく脈打って、顔だけでなく全身が熱い。どこかおかしくなったのではないかと、怖くなる。

喉《のど》の奥に息が詰まったようになって苦しいのに、嫌な感じではないなんて……やっぱり、変だ。

「陽向、窓閉めたけど」

周防の声に、ビクッと肩を震わせてしまった。

鎮まりかけていた動悸《どうき》が、また速くなった。周防が視界の端を横切ると、全神経が周防に向かっているみたいだ。

「あ、うん。じゃあ、こっちの窓口も閉めちゃうから」

震える手で、チケット販売の窓口に『本日は終了しました』というプレートを立てる。

小窓の施錠をする指先が、小刻みに震えていて……思うように動いてくれないのが、もどかしい。

どうして？　という理由はわからなかったけれど、これら変調の原因が周防だということだけは、確かだった。

□□□

周防の様子が、なんだか変だ。

憲司には、子供の頃から散々鈍感と言われている陽向がそう感じるくらいだから、気のせいではないはず。

新聞を広げてはいたけれど、文字を目で追っていても内容が頭に入らない。

「周防？」

ふと、横顔に視線を感じて顔を上げた。こちらを見ていた周防と目が合い、トクンと心臓が大きく脈打つ。

「あ、の……どうかした？」

どぎまぎと視線を逃がして、なにか言いたいことがあるのか尋ねる。目を逸らしても、視界の隅に映る周防に全神経を傾けていた。

必要以上に、周防を意識しているという自覚はある。

「俺っ、風呂に入って寝る。先に、いい？」

「いいけど……」

陽向がうなずくと、「じゃあ」とそそくさと立ち上がって居間を出て行く。いつもなら、なにをするでもなく……陽向の傍にいたがるのだが。

周防の姿が見えなくなって、廊下を歩く足音が遠ざかり……気配を感じなくなる。いつになく素っ気ない態度に一抹の淋《さび》しさを感じると同時に、ホッと肩から力が抜けた。

「僕も、変かな」

いつもと様子が違うのは、周防だけではない。陽向自身も同じだ。

植物園の事務室で、周防に抱きつかれてからだ……とわかっている。これまで通りにしなければと頭では考えていても、勝手に緊張してしまう。今朝《けさ》まで、周防とどんなふうに接していたのか忘れてしまいそうだ。

「周防が大きいのなんて、とっくに知ってたのに」

長い腕の中に、簡単に抱き込まれてしまった。絆創膏を巻いた指も長くて、手のひらを合わせたら陽向よりずっと大きい。

台所に並んで立っていても、肩の高さの違いとか……腰の位置とか、これまで気にならなかったことをやけに意識してしまう始末だ。

陽向が皮を剝《む》いたジャガイモを、周防が鍋に入れていたのだけれど、手渡そうとした時に意図せず手が当たってしまい……露骨に身体を引いてしまった。

「周防、変に思ったかな。でも、嫌がって避けたわけじゃない……って、わざわざ言うのはもっと変だし」

陽向は言い訳を見つけられなくて唇を引き結び、周防は戸惑ったように「ごめん」とつぶやいたきり口を噤《つぐ》んだ。

なんとも気まずい空気が漂ったが、結局陽向は巧《うま》くフォローできなかった。夕食の最中も、周防はいつになく口数が少なかった。

伏し目がちで物静かな周防は、なんだか知らない人みたいだった。

「そういえば憲司が、なんか変なこと言ってたなぁ」

周防に見覚えがある……と、難しい顔で考え込んでいた。

人と目を合わせるのが苦手で、失礼だとわかっていながら常にうつむき加減になってしまう自分と違って、憲司はコミュニケーション能力が高い。一度でも接したことのある相手は、まず忘れない。

その憲司が、悩ましそうに首を捻っていたのだ。直接会ったことがあるわけではないかもしれない。

「周防のことが、わかるかも……しれない？」

自称『犬』の周防の身元、そして、どうして自分の前に現れたのか。陽向の望みを叶《かな》えたいなどと、懸命に訴えてきた意味も。

それらを知った時、きっと今の関係が大きく変わる。

「……知りたい、ような」

知らずにいたいような。

そんな続きは、言葉にできなくて呑《の》み込んだ。

ただの周防、自称『犬』で……いいのでは。本当のことは、知らずにいたほうがいいような気もする。

「いやいや、今のままだと不審者だしっ」

ぼんやりと浮かんだ妙な思考を、頭を振って追い出す。周防のことがわかるなら、幸いだろう。

でも……。

「なんで、このままでいい……とか思ってるんだろう」

自問しても、答えは見つからなくて。

ついさっきまで周防が座っていた座布団を目にして、深いため息をついた。

《七》

……どうしよう。

陽向が、これまでとなんだか違って見える。

「小さかった……な」

こちらを見上げて微笑を滲ませた陽向を、ものすごく可愛く感じてしまい……頭で考えるより早く手が伸びた。

言葉もなく腕の中に抱き込んだ周防の唐突な行動に驚いたらしく、陽向がビクッと身体を強張《こわば》らせたことで慌てて手を引いたけれど、抱き締めた身体の感触が今でも両手に残っているみたいだ。

ギュッと力を込めたら、折れてしまいそうなくらい頼りない……小さな身体だった。

「ううう……俺、変だ」

ぼんやりとした薄明かりの中、隣に敷いてある布団で眠っている陽向を見詰めていた周防は、喉の奥で唸って寝返りを打った。

ジッと陽向を見ていたら、つい手を伸ばしてしまいそうになった。

ダメだ。だって、自分は『犬』なのだから。

あの時は咄嗟に、犬だからごめんと誤魔化して事なきを得たけれど、眠っているところに手を伸ばしてしまったら……そんな言い訳は通用しないだろう。

でも、犬なら……親愛の情を示すため、たとえばキスをしても許されるのでは。そんなことを考えてしまい、「いやいや。ダメだって」と両手で頭を抱える。

「なんだ、これ」

スーパーで買い物をしている時も、厨房に並んで立っている時も……陽向が堪《たま》らなく可愛く見えて、何度も抱き寄せそうになってしまった。

衝動的に誰かを抱き寄せたことなど、これまで一度もない。

自らの行動にはすべて理由と意味があり、タイミングを計った上での効果的な言動を心がけていて……。

こんなふうに、解析できない感情など知らない。

奥歯を噛《か》み締めて、背中越しに聞こえる陽向の寝息に耳を澄ませる。

身体は疲れているのに、妙に神経が冴《さ》えていて眠れない。

針金を巻きつけて金網の隙間を塞《ふさ》いだり、腐った木枠を外して新しいものを釘《くぎ》で打ち付けたり……と。

これまで手にしたことのない道具を、なんとか駆使して慣れない作業をした。両手には無数の傷ができている。

陽向は顔を曇らせて消毒薬を噴きつけ、絆創膏を巻いてくれた。

白く、細い指だった。身体だけでなく、手も華奢《きゃしゃ》で……周防の手の中にすっぽり握り込めそうだ。

手当てしてくれているのをいいことに、ジッと見詰めていた陽向の手を思い起こしていたけれど、

「……ッ」

不意に布団の下に隠してあるスマートフォンが振動して、息を呑んだ。

陽向に気づかれないよう、常に携帯しているのだが……コレに連絡してくる人物は、一人しかいない。

「チッ」

低く舌打ちをして、布団から抜け出した。陽向が眠ったままなのを確認して、気配と足音を殺して廊下に出る。

暗い廊下を歩き、寝室から離れた玄関の隅でスマートフォンを耳に押し当てた。

「なんだ、笹岡《ささおか》」

低く名前を呼んだ周防に返ってきたのは、予想通り笹岡の声だ。

『夜分に恐れ入ります。おやすみでしたか？』

「いや……起きていた。用件は？」

不機嫌だと隠しもしない声で、わざわざコンタクトを取ってきた理由を問い質《ただ》す。

先日、植物園に現れたことも、その際にこうしてスマートフォンを持たされたことも気に入らないのだ。

陽向が熟睡していたからよかったものの、せっかく『犬』のふりをしているのだから誰かと連絡を取り合っていることを知られて、不審がられたくない。

あからさまに素っ気ない態度で接しているのに、笹岡はこれまでと変わらない冷淡とも言える調子で返してくる。

『お忘れですか？　月に一度の、絢子《あやこ》様とのお食事会です。明日の朝、お召し物を用意してお迎えに上がりますので』

「あー……キャンセルは」

『不可能だと、周防様もご存じのはずです。周防様が出奔されたのを感づかれないよう、他の業務はなんとか誤魔化しつつ私が代行してまいりましたが……こちらばかりは代役を立てさせていただくわけにはいきません』

笹岡は丁寧さは損なわず、しかし抑揚のあまりない口調でピシャリとはねつける。

周防は、「やっぱりそうだよな」と肩を落として言葉を返した。

「わかっている。言ってみただけだ。では、明朝。……七時に大通りに出ておく」

七時なら、毎日キッチリ七時半に鳴る目覚まし時計で起床する陽向が目を覚ます前に、家を出ることができるはずだ。この家の前に迎えの車をつけられてしまって、陽向に見られてはいけない。

陽向に黙って出かけるのは心苦しいけれど、なんのためにどこへ行くか説明しようがないのだから、仕方がない。

『了解しました。それでは、失礼いたします』

通話の切れたスマートフォンを握った周防は、深く息をついた。

絢子との食事会、か。

……許嫁《いいなずけ》との、定期的な顔合わせだ。すっぽかすことはできないのだから、どうしても出向かなければならない。

陽向の寝顔を見ていた時は、ふわふわと、なんとも形容し難《がた》い幸福感に漂っていたのに、夢の世界から唐突に現実へと引き戻されたような気分だった。

「残り……一週間を切ったんだな」

予《あらかじ》め、勝手をするのは一ヵ月だと期限を設けていた。

始める前は長いような気がしていた一ヵ月なのに、あっという間に時間が過ぎて……期日は、もう目の前だ。

「陽向は、憶えている……かな」

陽向に語った、『犬神様に一ヵ月だけ人間にしてもらった。一ヵ月したら、犬に戻る』という方便を、彼は記憶に留めているのだろうか。

いつまでも、こうして陽向の傍にいられるわけがないのに……もうすぐこの生活が終わってしまうのだと、現実を突きつけられると奇妙な焦燥感が湧く。

こうして、一ヵ月も好きにさせてもらっていること自体、十分すぎるほどの我儘《わがまま》だ。

薄暗い玄関先で、自分の手をジッと見下ろしてつぶやいた。

「明日は、犬の周防じゃなくて……霧島《きりしま》周防に戻る。気をつけないとな」

陽向と接している時は、立場や『霧島』という家の存在さえ頭の隅に追いやって、思うがままに振る舞っていた。

笹岡だけを相手にするならともかく、絢子とも逢《あ》うのだから、『霧島周防』らしくあるように気をつけなければならない。

周防はもう一度深く息をつき、強く奥歯を噛み締めて顔を上げた。

□　□　□

壁一面の窓ガラス越しに見えるのは、艶やかな緑の葉を広げた常緑樹。そして、ハスの葉が浮かぶ小池。飛び石が敷かれている散策路の脇には、色とりどりの花が咲き誇っている。緻密な配置で成り立っている庭園は、まるで一枚の絵画を眺めているみたいだ。さすが五つ星ホテルの庭園とも言える、完璧な手入れがされていた。

なにより、こうしてティールームの窓から眺めた時の景観がベストであるよう、計算し尽くしているのだろう。偶然舞っているはずの蝶《ちょう》でさえ、そうあるべく演出されているかのようだ。

四季折々、それぞれ時季に合った花へと植え替えているらしく、見るたびに違う花が花弁を開いていた。

いつもなら周防は、特別な感慨なく庭を目に映す。でも、今日は違った。なんとも形容し難い違和感が拭《ぬぐ》えない。

「……ああ」

そうか。違和感の正体に気がついた。巧みに整えられているが故に、人造的な空気が漂っているのだ。

今の周防は、この庭園より、ずっと美しい場所を知っている。

陽向の植物園は、必要最低限にしか手を入れず、かといって野放しにしているわけでもなく……自然に近い造形美がそこにはある。

嵩原植物園に思いを馳《は》せつつ、整えられた庭園を見ていた周防だが、

「周防さん……？」

そっと名前を呼ばれて、ハッとする。

「あ……っ、失礼しました」

エスコートしなければならない絢子を前にして、ぼんやり気を逸らすなど……不覚を取った。窓に向けていた顔を慌てて戻した周防は、テーブル越しにこちらを見ている絢子に微笑《ほほえ》みかける。

「お茶のお代わりはいかがですか？」

いつからか、絢子の前にあるティーカップが空になっている。見過ごすなど、とんでもない失態だ。

おっとりとした気質の絢子は、不快感を露《あらわ》にすることなく小さく首を左右に振った。

「いえ、もう結構です。……庭に、気になるものがありまして？　あら……」

周防の視線を追ってか、チラリと庭園に目を向ける。ちょうど先ほどの蝶が窓ガラスの際を舞い、どこかへ飛んでいくところだった。

周防が蝶に気を取られていたと思ったらしく、「ロマンティストですわね」と微笑を浮かべている。

あえて否定せず、絢子の勘違いに便乗させてもらうことにした。

「花の蜜を吸いに来ていたのかもしれませんね。その……マリーゴールドの周りを舞っていましたから」

「周防さんは、植物にお詳しいですものね。恥ずかしながら、私はさっぱりですけれど」

絢子は、周防が霧島グループの製薬部門に所属して、自然植物を由来とした漢方薬の研究開発に携わっていることを知っている。

ただ、そのせいで父親から「霧島の跡取りが、研究に没頭するばかりじゃいかん。もっと、政界や経済界の会合にも顔を出してパイプを太くしなさい。小夜香《さやか》のほうが政治経済に詳しいとは……情けない」などと難色を示されているということまでは、知らされていないだろうけれど。

「ですが、絢子さんは日本美術に造詣が深い。ご存じでしょうけれど、漆器に使われる漆も植物ですよ」

「……そうですわね」

大学で熱心に美術史を学んだという絢子は、漆を話題に持ち出した周防に微笑みを浮かべた。

こうして行儀よく、取り繕った会話を交わしていても、絢子に対して特別な感情はない。

それは、きっとお互い様で……生まれる前から決められていた許嫁なのだ。子供の頃は年に数回、絢子が成人してからは月に一度のペースで顔を合わせて『親睦』を深めているが、周防としては逆効果ではないだろうかと勝手なことを考えている。

毎回同じ場所ではないけれど、ホテルレストランの個室での昼食の後、ティールームへ場所を移してのお茶……というのがお決まりのパターンだ。

互いの近況を社交辞令を交えて語り、コミュニケーションを図る。傍《はた》からは仲睦まじく見えるかもしれないけれど、毎月顔を合わせていては話題も尽きるというものだ。

物心つく頃には、当然のように顔を合わせていたのだから、感覚的には身内に近いかもしれない。下手したら、実の妹である小夜香よりも身近で……今となっては今更だが、ある日突然『今日から夫婦だ』と引き合わされたほうが、妻として抵抗なく受け入れられたかもしれないと思うほどだ。

言葉に出してきちんと確認したことはないが、絢子も周防を同じポジションに据えているに違いない。

今でこそ、互いに『周防さん』『絢子さん』と他人行儀な口調で会話をしていても、小学生くらいまでは『絢ちゃん』『周防お兄様』と呼び合っていたのだ。許嫁という言葉の意味を知らないあいだは、そうして無邪気に遊んでいたのだから、無関係な大人には実の兄妹に見えていただろう。

「絢子さん、婚儀の招待客ですが……父の我儘を、すべて聞き入れなくても構いませんからね」

絢子との婚儀は、『霧島』についての継承が一通り落ち着く頃ということで、半年後の予定だ。

ただ、気の早い父親は、二年近く前から招待客のピックアップに余念がない。

政界の大物や各国の駐日大使だけでなく、『霧島』と交流のある国の王族などもやって来る予定らしい。警備関係の都合もあるのだから、仕方ないとは思うが……周りの盛り上がりに反して、当事者である周防と絢子は他人事《ひとごと》のように淡々としている。

「私は……両親と、霧島のおじ様にお任せしておりますから」

「でも、招待なさりたいご友人などもいらっしゃるでしょう？　うるさ型とは、テーブルを離されたほうが……」

周防の言葉に、絢子はテーブルの上にあるティーカップへと視線を落とした。なにか考えているような間があり、ポツリポツリと口を開く。

「ええ。失礼ながら、そう……ですわね。そろそろ、具体的に考えなければならない時期……でしょうか」

「婚儀は、半年後ですからね」

周防が答えると、絢子はほんの少しうなずいて唇を引き結ぶ。

なんだろう。なにが、どう……とは言えないが、絢子の様子が少し妙だ。いつになく気がそぞろで、落ち着かない空気を漂わせている。

たった今、違和感に気がついた。思い起こせば、食事中もいつも以上に口数が少なかったような……。

周防自身、陽向のことや嵩原植物園のことに気を逸らしがちで、絢子に意識が向いていなかったことを反省する。

「絢子さん」

「あのっ」

周防が名前を呼びかけたのと、絢子が顔を上げたタイミングがバッチリと合ってしまい、同時に口を噤む。

視線を絡ませて、苦笑を滲ませた。

「どうぞ、仰ってください」

なにか言いたいことがあったのだろうと促した周防に、微笑を浮かべたままの絢子はそっと首を横に振った。

「……いえ」

物言いたげな表情は気になったけれど、無理に聞き出すことはできなくて「そうですか」とうなずく。

「あの、そういえば周防さん、少し……感じが変わられましたか？　髪をお切りになったから、かしら」

絢子はそんなことを言いたいわけではなかったはずだが、なんとか空気を変えようとしているのだと察して話を合わせせる。

「少し、切りすぎたような気もしますが。父には、学生のようだと眉を顰められてしまいました」

着替えのため、そして絢子に逢うという報告のため、ホテルに来る前に霧島の自宅に戻ったのだ。

その際、半月以上ぶりに顔を合わせた父親に苦言を呈されてしまった。

自分のうなじに手をやって「やはり似合いませんか」と嘆息した周防に、絢子は「そんなことございません」と目をしばたたかせる。

「すごくお似合いですわ。……学生の頃のお兄様を思い出します」

クスリと笑った絢子こそ、中学生くらいに戻ったみたいだ。

本人は無意識だったであろうお兄様という呼びかけも相まって、やはり『妹』感覚だなと苦笑を滲ませる。

「貫録不足……ですか？」

「いえっ、そういう意味では」

慌てたように首を左右に振る絢子に、「冗談ですよ」と笑みを深くした。

「……意地悪ですわ」

「失礼しました。若く見ていただき、お褒めに与《あずか》った……と思っておきます」

そこでまた、会話が途切れてしまった。

夕刻が近くなり、ティールームに居合わせた他の客が席を立ち始める。周防も、腕時計にチラリと視線を落として時間を確かめた。

「そろそろ……お送りしましょうか」

「ええ」

絢子が同意してくれたことに安堵《あんど》すると、席を立ち、エスコートするべくテーブルを回り込む。

そうして表面上は絢子に気を配っていても、頭の中では「嵩原植物園もそろそろ閉園時間だな。急げば、陽向が帰る前に家に着くかも」と、陽向のことばかり考えていた。

絢子だけでなく父親からも、そして笹岡にも「少し雰囲気が違う」と言われたけれど、自分は……この一ヵ月弱で、どこか変わったのだろうか。

もしそうだとすれば、陽向が理由だ。

その変化が、いいことなのか否か……までは、誰も言ってくれなかったからわからないけれど。

□□□

道端の街灯に明かりが灯《とも》り始める頃になって、ようやく見慣れた人影が角を曲がってきた。門扉にもたれかかっていた周防は、パッと顔を上げて手を振る。

「陽向、お帰り」

もし、周防が本当に犬だったら……千切れんばかりに尻尾《しっぽ》を振り、歓迎を体現しているに違いない。

「え……周防っ!?」

声をかけた周防に、陽向は驚き駆け寄ってきた。

周防の前で足を止めると、これまでにない早口で詰問してくる。

「黙って、どこに行ってたの？　朝から姿が見えなくて、心配したんだからね」

「ええと、ちょっと……犬神様に報告をしなきゃいけなくて、犬神様の祠《ほこら》まで行ってきた。陽向、まだ寝てたから……ごめん」

無理やり考え出した言い訳が、コレだ。

陽向がどんな顔をしているのか、確かめたくて……恐る恐る見下ろす。

周囲が薄暗くなっているのに加えて、大きな黒縁の眼鏡が目元を隠しているせいで、表情をハッキリ見取ることができなくてもどかしい。

十秒あまりの沈黙が流れ、陽向が顔を上げた。

「メモの一枚でも、残しておいてくれたらよかったのに」

「う、うん。ごめん」

周防の言葉を信じてくれたのかどうかは、わからない。ただ、こちらを見上げる陽向は真顔だった。

「夕ご飯は？」

「まだ。陽向、今から作る？　俺も手伝う」

陽向がうなずいたのを確認して、家に入ろう……と踵を返した。

つい一時間ほど前まで顔を合わせていた絢子は、育ちのよさが滲み出た可憐な女性だ。陽向より小さくて、ふわふわとした淡いレモンイエローのワンピースがよく似合っていて……気品溢《あふ》れる美貌で。あの華やかさは、意図的に漂わせられるものではない。持って生まれたものだ。老若男女問わず、誰もが彼女に目を奪われるだろう。

でも周防の目には、シンプルなTシャツとゆったりとしたコットンパンツという出で立ちの陽向のほうが、可愛く映る。

同性なのに、どことなく庇護《ひご》欲をそそられると言えば……陽向のプライドを傷つけてしまうだろうから、口には出せないが。

「周防、ご飯食べるかどうかわからなかったから……買い物、してきてないよ。残り物で、焼き飯か雑炊くらいしか用意できないかも。あ、ケチャップライスならできるけど」

玄関を入って廊下に上がりながら、陽向は申し訳なさそうに言う。

周防の答えは、考えるまでもない。

「陽向が作るご飯は、全部美味しいからどれでもいい」

本当だぞ、と身体の脇で拳を握って念を押す。

ホテルの名高いフレンチレストランで、最高級の食材を使ったコース料理を口にしても、特別な感慨は皆無だった。

フランス産だとかの鴨《かも》肉のロティに凝ったソースを添えられるより、陽向が塩コショウのみで味付けをしてグリルした特売の鶏胸肉のほうが美味しい。ブランドもののジャガイモを使ったヴィシソワーズよりも、陽向と一緒に口にするアルミパウチのコーンスープのほうが美味しいとさえ、感じた。

デザートも、パティシエによって綺麗な飾りつけを施されたドルチェより、プラスチック容器のプリンを陽向と二人で分け合って食べるほうが……。

「あ……れ？」

そこまで考えたところで、一つの可能性が頭に浮かぶ。

なんだろう。今の流れだと、食材や調理法の問題ではなくて陽向と一緒だから、ということが『美味しい』の最大の理由みたいではないか？

では、絢子を前にして、陽向のことばかり思い浮かんだ理由は……？

自分の思考が不可解で、廊下の途中で立ち尽くしてしまった。

それ以上突き詰めるな。深く考えてはいけない、と。頭のどこかで警鐘が鳴り響いている。

絢子と共にいる時は感じないものを、陽向とならば感じる。

傍にいると胸の奥が熱くなり、衝動的に手を伸ばしたくなることの意味は……気づいてはいけない。

「周防？　どうしたの？」

周防がついて来ていないことに気づいたのか、足を止めた陽向が怪訝そうに振り向く。

慌てて頭を振った周防は、

「なんでもない。俺、ケチャップライスがいい。半熟オムレツ載せて」

そんな言葉で誤魔化して、大股《おおまた》で厨房へと向かった。

《八》

事務机の上に置いたスタンド式のカレンダーに目を向けた陽向は、下の端にある数字をそっと指先で辿《たど》った。

「そっか。あと三日で、周防が来てからちょうど一ヵ月だ」

突然、『犬』を自称する周防が現れてから、一ヵ月が経つ。振り返ってみれば、あっという間だった。

平穏な日常のテンポを狂わす異分子のはずなのに、周防の存在を邪魔とは感じないのが不思議だ。

他人と、こんなにも長く一緒にいるというのも初めての体験だった。

なにより、周防がいたから、彼女のことを考えて落ち込む余裕もなかった。結婚まで考えた相手にフラれたというのに……我ながら呆《あき》れる。

それほど、周防の存在のインパクトが大きかったということかもしれない。

「犬神様のところに……か」

周防が、ふらりと姿を消したのは一昨日《おととい》のことだ。朝、目覚めると隣の布団で眠っているはずの周防がいなかった。

家の中のどこにも姿が見えず、植物園を開けるために仕方なく家を出たのだけれど、一日中周防のことを考えていた。

どこへ行ったのだろう……という心配から始まり、次第に帰って来なかったらどうしようと不安が大きくなり、周防が来るかもしれないと思えばなかなか植物園を閉園できなかった。

日が暮れかけたところで諦めて植物園を閉め、とぼとぼ帰宅した陽向を門扉の前に立っていた周防が迎えてくれた。

長身が目に入り、歩みを速めると同時に名前を呼ばれた瞬間。心臓が止まるかと思うほど驚いて、泣きたいくらいの安堵が込み上げてきたことは、薄暗かったことが幸いして周防には悟られなかったはずだ。

どこへ行っていたのだ、と尋ねた陽向に返ってきた答えが、『犬神様云々《うんぬん》』というものだったのだ。

「本当のところは、なんだったのかな」

周防があまりにも必死な顔をしていたから、あの場では納得したように装った。でも、いくら世間知らずで自他ともに認めるのん気な陽向でも、周防の正体が『犬』だと信じきっているわけではない。

きっと、そう偽装しなければならない事情があって……ただ、どんな事情か想像もつかない。

一ヵ月だけ、人間にしてもらったと言っていた。最初から一ヵ月という期限を切っていたということは、時が来ればいなくなるのだろう。

独りが淋しいなどと、考えたこともなかったのに……周防がいなくなった後のことは、想像もつかない。

たった半日、周防の姿が見えなかっただけで、あれほど不安な気分になるとは思わなかった。

スッと胸の奥に冷たい風が通り抜けたような気がして、頭の中から『周防がいなくなる』という考えを振り払った。

勢いよく頭を振り、無理やり明るい声を出す。

「僕のところに来た理由が、やっぱり謎だぁ」

周防のことを考えれば考えるほど、最終的に行きつくのはそこだ。

本人の言い分を信じたら、『犬』の周防を助けた恩返しということだけれど、それにしては奇妙なことが多々ある。

「頭……痛くなってきた」

普段は複雑なことを考えない、憲司曰く『気楽な日々』を送っているのだ。深く息をつき、窓の外に目を向ける。

周防は、今日も朝から園内の修繕作業をしてくれている。最初は危なっかしいばかりだったのが、今ではコツを摑んだらしく手早く金槌やノコギリ、大型カッターまで操って老朽化したところを修理したり新しいものに替えたりしている。

すり傷や切り傷だらけだった指にも、この数日は新たな傷が増えていない。

「そんなに、僕になにかしたいのかなぁ」

金貨を『ここ掘れワンワン』されるより、周防の手で直してくれた方が嬉しいと言ったのは確かだ。

でも、「ありがとう」と笑って礼を言った陽向を見る周防は、なんとも形容し難い照れ臭そうな顔をしていて……初めて褒められた子供みたいだった。

以来、すべて自分の手で修繕するのだと忙しく園内を駆け回っている。

「貴重なものが、ちゃんとわかってるみたいなのは……不思議だ」

そういうところも含めて、周防は謎だった。陽向が説明したわけではないのに、希少種の草花には決して手を触れない。金網が破れていても、近くに蔦《つた》が絡んでいたりしたら絶対に手を出さないのだ。

日常の一般常識に関しては、たまにポカンとするほど抜けているのだが……。

「っと、ダメだ。ええと……見学希望日はいつだったっけ」

吐息をついて、自分の頰を軽く叩《たた》く。

自然科学を学んでいるという学生からの、植物園を見学したいから案内と解説をしてくれないかという申し出に対する返信メールを打っていたのだ。いつしか思考が周防のことばかりになってしまい、パソコンのモニターをぼんやりと眺めていた。

キーボートを叩く手の動きを再開したところで、

「おーい、陽向。いるか？」

チケット売り場の小窓から声をかけられて、身体を捻った。背中を屈めた憲司が、こちらを覗き込んでいる。

「いるよ」

陽向が答えると、背中を伸ばした憲司の顔は見えなくなり、小窓の向こうから声だけが聞こえてきた。

「そっち、入る」

宣言した数秒後には、外から大きく扉が開かれて憲司が姿を現した。

後ろ手でドアを閉めたかと思えば、眉を顰めたなんだか難しそうな顔で、陽向のすぐ傍に歩み寄ってくる。

勢いよく入って来たのだからなにか用事があったはずなのだが、険しい表情を崩すことなく無言で佇《たたず》んでいる。

「憲司？　この前のハーブ……なにか問題でもあった？」

不安になった陽向が憲司を見上げて問いかけると、ようやく眉間の皺を解いた。

エプロンのポケットを探り、雑誌のページを破り取ったものらしい折り畳まれた紙片を差し出してくる。

「なに？」

「この前の……業者、じゃないな。おまえが、周防って呼んでた男。どこかで見たって言っただろ。思い出したから」

ドクン、と大きく心臓が脈打った。

ほら、と顔の前に突きつけられた紙片を、恐る恐る目に映す。

「……これに？」

「俺が説明するより、自分で見たほうが手っ取り早いだろ」

「う……ん」

曖昧にうなずくだけで陽向が手を出せずにいると、憲司は広げた紙をパソコンのキーボートの上に置く。

確かめるのが、少し怖い。でも、そうしてお膳立てされると見ないわけにはいかなくて……そろりと視線を落とした。

カラー写真に、インタビューらしい文字が添えられているものだ。きっちりとした上質そうなスーツに身を包んで微笑を浮かべ、カメラを見据えているのは、雰囲気はだいぶん違うけれど、確かに……『周防』だった。

「見覚え、あるはずだよな。結構な有名人。『霧島』の御曹司だとかって、テレビに出てたこともあるし……お坊ちゃんにしてはちょっと経歴が変わってるけど、まぁ、超がつくエリートだな。まさか、こんなところで雑用しているなんて思わないから、すぐに結びつかなかったんだけど……」

意識がインタビュー記事に集中しているせいで、憲司の言葉も耳を素通りしてしまう。

陽向はいつしか薄い紙片を両手で持って、夢中で小さな文字を目で追っていた。

もともとの雑誌が、女性向けのものなのだろう。周防の経歴云々よりも、どんな休日を過ごしているかとか、趣味は……といった個人的な質問が大半を占めている。それでも、憲司の言う『ちょっと変わった経歴』は簡素ながら記されていた。

老舗《しにせ》の製薬会社『霧島』の起源は、日本に朝廷が存在した時代にまで遡る。かつては、自然漢方薬を調合する公家お抱え薬師《くすし》の家系だった。前世紀の初頭でも、漢方薬を中心に製造販売をしていたのだが、現在では医薬品だけにとどまらず、化学薬品の分野でも業界トップクラスに位置している。

周防の祖父にあたる人物の代で業務を細分化して飲料や自然健康食品にまで手を広げ、周防の父親が海外の大手企業と提携することで更に業績を伸ばして、世界規模の企業へと成長させた。

企業としても巨大なものだが、政界にも霧島の家系図に名を連ねる人物が多く輩出されており、国内外への影響力は計り知れない。

直系の長男である周防は、生まれながら『霧島』の跡取りとなることが決められている、とインタビュアーに答えていた。

時代錯誤のようだが、という不躾《ぶしつけ》な質問に「そう思われるかもしれませんが、それが『霧島』なんです。私は、家業を継ぐことは当然だと教育されてきました」と気負いの感じられない言葉を返していて、文字を追っていた陽向は唇を噛んだ。

外見は、確かに『周防』だ。でも……陽向の知っている周防は、高級スーツを着こなすいかにも有能そうな青年ではない。

物知らずで不器用な、『ワンコの王子様』だ。

「ただ、そのお坊ちゃん、政治経済に全然興味がなくて……霧島の研究所に引き籠って研究開発に没頭しているみたいだな。噂だけど、『霧島』っていうのは、かつて怪しげな秘薬を用いて朝廷を裏で牛耳っていた、ってさ。歴史上の重要人物の暗殺に関わってる、とかって説もあるみたいだし。今でも、一子相伝の秘薬の調合法が伝えられているとか、自然死に見せかけられる毒薬の製法が伝わってる……とか。なんか、すっげぇ胡散臭《うさんくさ》い家系だな」

「胡散臭い、って……」

歯に衣《きぬ》着せぬ言い回しに、思わず苦笑してしまった。

陽向では考えもつかない、あまりにも現実離れした話だったせいで、映画か小説のあらすじを聞かされたような気分だ。

現実感がなくて、思考に霞《かすみ》がかかったような奇妙な感覚だった。

「そいつ、変な企みがあって業者のふりして植物園に入り込んでるんじゃないのか？　ここ、じいちゃんが育ててた変わった植物があるんだよな？　金を積んで買い取れないなら、盗み出すつもり……とか」

憲司は険しい表情で、周防が植物園に来た理由を推理している。

持っていた雑誌のページを事務机に置いた陽向は、そっと首を左右に振って憲司の推理を否定した。

「そんな、ミステリー小説じゃないんだから。わざわざ、そんな大企業の跡取りの人が？　コッソリ持ち出すにしても、もっと効率的な方法があると思うけど」

憲司は、周防が業者のふりをして植物園に入り込んでいると思っているから、そんなふうに考えるのだ。

実際は、『犬』を自称して『助けてくれた恩返しをしたい。陽向の望みを叶えたい』と、自宅に押しかけてきたのだが。

本当のことを言えば、憲司は目を剝いて絶句しそうだ。

「でも、さぁ。じゃあ、なんだよ。鄙《ひな》びた植物園で、お坊ちゃんの社会見学か？　って、ワケわかんねー……」

ワケがわからないのは、陽向も同じだ。いや、憲司よりも遥《はる》かに悩みが深い。考えたいこと、考えなければならないことは無数にあるのに、憲司から余計なことを聞かされると混乱する一方だ。

「やっぱり、他人の空似だと思うよ。まさか、こんな人がウチに来ないでしょ。世の中には、三人は似た人がいるっていうし」

陽向は、淡々と口にしながら雑誌のページを折り目に沿って四つに畳む。

そうして視界から『霧島周防』を隠したのだと、憲司には気づかれなかったはずだ。

「……そうかなぁ。まぁ、確かに……このお坊ちゃんが、Tシャツとジーンズ姿で金槌を持ったりはしないだろうけど」

曖昧に口にした憲司は、今一つ納得しきれていない顔で首を捻っている。

小さく畳んだ雑誌のページに手を置いて、憲司を見上げた。

「わざわざ、ありがと。道草食ってて、大丈夫？」

「あ！　あー……そろそろ行くか。また怒られる」

時計を目にしてボヤキ、踵を返しかけたところで陽向に向き直る。両手でガシッと陽向の肩を掴み、背中を屈めて顔を寄せてきた。

「なんか変なコトがあったら、連絡して来いよ。おまえ、ぼんやりしてるんだから。妙にお人好しだし」

「大丈夫だって！」

そういう憲司は、面倒見がよくて心配性だ。

笑い飛ばした陽向を、不安の残る顔で見ている。

「危機感が薄いんだよ」

ため息をついて肩を落としたと同時に、事務室のドアが開いた。顔を上げた陽向の目に、戸口に立っている長身が映る。

「あ……っ、なにかあった？　また怪我した？」

「そうじゃない。見慣れない草の新芽があったから、陽向に聞こうかと思って」

「え、なんだろう。どのあたり？」

両肩に置かれたままだった憲司の手を除《の》けて、座っていたイスから立ち上がる。

周防を振り向いていた憲司は、なにを言おうとしたのか口を開きかけて……鳴り響いた携帯電話の着信音にチッと舌打ちをした。

「あー、ハイハイ。じゃあな、陽向。また来る」

「うん。気をつけて」

憂鬱《ゆううつ》そうに言い残した憲司は、ズボンのポケットに入れてあった携帯電話を手に持ちながら、早足で事務室を出て行った。

身体をずらした周防とすれ違う際に一瞬動きを止めたのは、きっと睨みつけるためだ。スッキリ解決しなかったのだから、憲司の中では不審人物のままに違いない。

「さっきの男……この前も来てたよな？」

「幼馴染みなんだけど、彼のお姉さんがここのハーブをお茶に加工して販売してくれたりしていて、公私共に世話になってるんだ」

憲司のことを説明した陽向に、周防はほんのわずかに眉を顰めている。これまで見たことのない表情だ。

「さっき、睨まれた？　ごめん。僕が頼りないせいか、僕のことを弟分だと思っているみたいなんだ。昔から、心配性なんだよね」

「っ、いや……睨まれたけど、別に気にしない。陽向に、こう……してて、随分と仲がよさそうだと思っただけだ」

ポツリポツリとしゃべりながら、陽向の肩に両手を置く。大きな手が肩の骨を包み込み、ビクッと身体を震わせた。

心臓の鼓動が、いきなり速くなった。ついさっき、憲司に同じことをされた時はなんともなかったのに……？

落ち着かなくて身動《みじろ》ぎをすると、周防が表情を曇らせる。

「陽向、どうして逃げようとする？　さっきの男からは、逃げてなかったのに」

「どうして……って、周防こそ、なんでこんなふうにするんだよ」

困惑した陽向は、しどろもどろに言い返す。すると、肩を摑んでいた周防の手から、ふっと力が抜けた。

唐突な解放に驚いて、そっと周防を見上げる。

「なんで……だろう」

尋ねた陽向よりも、不思議そうな顔をしていた。自分の両手のひらをジッと見下ろしていたかと思えば、陽向に視線を移す。

ビクッと身体を震わせた陽向は、目が合う直前に逃げてしまった。

「ひな……」

陽向を呼びかけていた周防が、不自然に言葉を切った。視界の端に、事務机に伸ばされる腕が映る。

そこには……と思った時には、周防の手が折り畳んで置いてあった雑誌のページを取り上げていて、無言で広げた。

それが『霧島周防』の写真とインタビュー記事だということは、目にしてすぐにわかったはずだ。

「これ、さっきの男が?」

グシャグシャに丸めて事務机の上に置いた周防が、硬い声で尋ねてきた。

隠れて詮索したも同然で、周防としては気分がよくないはずだ。でも、そこにあるものは誤魔化しようがなくて、コクリとうなずく。

「うん。……その人、周防？」

硬い声で尋ねた陽向に、周防は頬を強張らせて首を横に振った。

「違う」

キッパリと否定されたことに、陽向は目を瞠《みは》る。

憲司には『他人の空似』だと言ったけれど、どう見ても周防だ。

きっと、周防自身も惚《とぼ》けたところで白々しいとわかっているはずで……それなのに、別人だと言い張るつもりらしい。

陽向は、憲司が懸念したような疑いを周防に感じているわけではない。万が一、周防の目的が植物園にある希少種だとしても……憲司に語った通り、こんなふうに回りくどい手段を取る必要などないはずだと思う。

一ヵ月、と予め期限を設ける必要もないだろうし、そもそも『犬』を装うなど無意味この上ない。

そのつもりなら、とっくに目的のものを持ち出しているだろう。植物園の権利書自体を手に入れることも、可能だったはずだ。

だったら……周防の目的は、なんだ？

「……ごめん」

小さな声で謝られてしまうと、これ以上追及することができなくなってしまった。

息苦しいような、重い沈黙が流れる。

ここで、追い詰めるようなことを言えば……一ヵ月を待つことなく、周防は出て行ってしまう気がしてならない。

陽向が黙っていたら、何事もなかったかのようにあと三日はここにいる？

どちらにしても、一ヵ月が経った時点で周防がいなくなってしまうなら、気づかなかったふりをすればよかった。

そうしたら、これまで通り自称『犬』の周防と一緒にいられたのに。

憲司が差し出した記事を読んでしまったこと……周防の目に触れる場所へ置きっぱなしにしてしまったこと。

後悔しても、後の祭りだ。

「周防」

そっと名前を呼びかけると、周防がかすかに肩を震わせた。

全身に緊張を纏《まと》って、続く言葉がどんなものか……待っている。

「今日の夕ご飯、なにがいい？」

少し上滑りしていたかもしれないけれど、可能な限りいつもと同じ調子でそう尋ねた。

周防は、驚いた様子で背《そむ》けていた顔をこちらに向ける。

「ぁ……、肉じゃが、と……豚汁。豆腐が入った、煎り卵……も」

「うん。じゃあ……スーパーに寄って帰ろうか」

しどろもどろに答えた周防に、笑いかける。無理やり笑ったせいで、頬が引き攣っていたかもしれない。

ジッと陽向を見下ろしていた周防は、口を開きかけてグッと引き結び、無言で腕を伸ばしてきた。

「ッ、周防……？」

陽向は、抱き込まれた腕の中で身体を強張らせる。

どうしてだろう。この腕の中から、逃げられない。

「ごめん、陽向」

消え入りそうな声でもう一度「ごめん」と口にした周防は、抱き込んだ時と同じく唐突に陽向を解放した。

すぐに背中を向けた周防が、どんな顔でごめんと言ったのか、陽向にはわからない。

ただ……抱き締められた感覚が身体に残っているみたいで、耳の奥に激しい動悸が響いている。

唇を噛んだ陽向は、そっと自分の両腕を擦《さす》った。

□　□　□

二人とも、これまでと同じように振る舞おうとして、どこかぎくしゃくとした空気が漂ってしまう。

沈黙が息苦しくて、なにか話さなければと思えば思うほど話題が出てこない悪循環に陥っていた。

誤魔化したくて点《つ》けたテレビからは、バラエティ番組の出演者たちが上げるわざとらしい笑い声が聞こえてくる。それさえも、白々しい空気を加速させているみたいで、どうせ自分も周防もテレビを見ていないのだからと、陽向は無難なニュース番組を探してリモコンを操作した。

隣にいる周防をチラリと窺い見たところで、タイミングがいいのか悪いのか……パチッと視線が合ってしまう。

無視することができず、

「周防、お風呂……先に入る？」

そう、無理気味に話しかけた。

周防は笑みを浮かべるでもなく、曖昧にうなずきかけて首を横に振る。

「ああ……いや、後でいい。陽向、先にどうぞ」

「うん。……じゃあお先に」

逃げる口実ができたとばかりに、そそくさと腰を下ろしていた座布団から立ち上がって居間を出た。

早足で脱衣所に入り、扉を閉めて大きく息をつく。

周防と一緒にいて、これほど緊張するのは初めてだ。

周防の好物ばかりを並べた夕食の席でも、会話はほとんどなくて……味もあまり感じなかった。

どことなく淋しさを感じてしまった理由は……。

「あれを……連想したせいだろうな。最後の晩餐《ばんさん》、だったっけ」

正確には最後ではないはずだけれど、彼と一緒に食卓に着く回数が残り少ないとわかっているせいだろう。

もう『今日』は終わってしまったから、期日の一ヵ月までは、あと……明日と明後日《あさって》の二日しか残っていない。

その日になれば、周防は姿を消すのだろうか。陽向には『犬』と言い張ったまま、自分の前に現れた理由も告げず。

「……ダメだ。やっぱり、納得できない」

このままでは、ダメだ。

周防が言いたくなさそうだったから、なによりも、きちんと確かめるのが怖かったから。弱虫な陽向は追及しないでおこうと思っていたけれど、このまま周防が姿を消してしまったら自分の中ではずっとわだかまりが残るだろう。

陽向には、周防の真意を問い質す権利があるはずだ。

鏡に映る自分と目を合わせた陽向は、コクンと大きくうなずいて踵を返した。廊下に出て、周防がいるはずの居間に戻る。

「周防。あ……れ？」

テレビは点いたままだ。でも、周防がいるはずの座布団は、もぬけの殻だった。

こんな夜中に、どこへ行ったのだろう。まさか、まだ一ヵ月経っていないのに……いなくなってしまった？

急激に不安が込み上げてきて、きょろきょろと視線をさ迷わせる。

落ち着かない心地で立ち尽くしていたけれど、ふと、きちんと閉まっていない窓の隙間から風に乗って誰かの声が聞こえてくることに気がついた。

引き寄せられるように窓に近寄り、息を詰めて耳を澄ませる。

「……ですが、明日にはどうしても、ということで」

「まだ一ヵ月経っていない。あと、二日残っている」

どちらも、聞き覚えのある男の声だった。

一人は、周防。もう一人は……どこで聞いた？

「もう十分ではありませんか？　庶民の暮らしを堪能なさったでしょう。どうか、お戻りください」

「婚儀に関しては、父に任せているはずだ」

「絢子様と、あちらのご両親も交えての婚儀の会談ですので、周防様がいらっしゃらないことには……」

「わかってる。今すぐでなくても……明日の朝でもいいだろう」

「……承知いたしました。では、明朝の六時半にお迎えに上がります。嵩原氏には……植物園のほうへの寄付という形でお礼をいたします。また、受け取っていただけないかもしれませんが」

「笹岡に任せる」

陽向は、「あ！」と声を上げそうになるのを辛うじて堪えた。

周防と話している男は、彼だ。先日、寄付をしたいと植物園にやって来た男。

話の内容から察するに、周防の関係者に違いない。ではあの訪問も、周防がここにいるのがわかっていてのことだったのか。

「では、私はこれで。……存分にお別れをなさってください」

「おまえに言われなくても、そうするよ」

話し声が途切れて数十秒、車のエンジン音が夜の静寂に響く。

周防が戻って来たらしく、玄関からかすかな音が聞こえてきたことで、慌てて窓から離れた。

大股で居間に入ってきた周防は、浴室にいるはずの陽向の姿があることに驚いた顔で足を止める。

「陽向……」

「っ、周防と話……したくて」

「そ……うか」

目を逸らしてしまった。

ダメだ。不器用な自分は、動揺を隠すことができない。

周防と、『笹岡』と呼ばれていた彼とのやり取りを盗み聞きしていたことは、この態度で一目瞭然だろう。

「陽向、俺」

「周防は」

周防が言いかけた言葉を遮って、口を開いた。

周防に言い訳をされてしまえば、詰問することができなくなってしまいそうだ。

「周防は、なんのために僕の前に現れたの？　嘘はナシで、本当のことを話して」

感情を押し殺した声で尋ねた陽向に、周防は視線を泳がせて迷う素振りを見せる。

――まだ、誤魔化そうとしている？　真実を話してはくれない？

陽向は、唇を引き結んで周防を見据えた。そうして視線を逸らさない陽向の態度に、逃げられないと悟ったのだろうか。

周防は、諦めたような吐息をついて唇を開いた。

「俺……来月末に、誕生日なんだ。三十歳になると同時に、家業を継ぐことは生まれた時から決まっていた」

「うん。霧島……って、古くからの名家なんだよね」

憲司が持ってきた雑誌のページを思い浮かべながら、口にする。周防は、神妙な顔で「ああ」とうなずいた。

「ちょっと特殊な家で、跡取りだけに伝えられることもあって……俺は長男だから、継承するのが当然だと思っていた。将来の夢なんて、考えたこともなかったな。意思に関係なく、決まっているんだから」

陽向は相槌を打つこともできなくて、ジッと周防の顔を見詰める。

自分が子供の頃を思い起こせば、色んな夢や希望があった。

パイロットになりたいと言った次の日には、電車の運転士になりたい……とか。制服が格好いいからお巡《まわ》りさんになってパトカーに乗りたいと思ったこともあるし、望めばどんなこともできると信じていた。

でも、周防は望むことも許されなかったのか……。

「誕生日の前、一ヵ月間は霧島を継承するための準備期間だ。これまで以上に勝手なことはできないし……継いでしまえば、ますます身動きが取れなくなる。この一ヵ月が、俺が自由にできる最後のチャンスだった」

「それが……どうして、ここに？」

黙って周防の話を聞こうと思っていたけれど、どうしてもそんな疑問をぶつけずにいられなくなった。

最後のチャンスなら、他にしたいことがいくらでもあったのではないだろうか。

そんな貴重な時間を使って、わざわざ『犬』のふりまでして……自分のところに押しかけてきた意味がわからない。

周防は、曖昧に首を傾げてポツポツと返してきた。

「どうして……ここなのか、俺もハッキリしないけど、霧島の関係者がいるところだと好きにさせてもらえないし、当てもなくふらふらするわけにはいかないし。思い浮かんだのが、何故《なぜ》かずっと前に一度だけ逢ったことのある陽向だったたってだけで……理由は、俺にもわからない」

「植物園の、希少植物が目当てだった？」

憲司がチラリと零《こぼ》した疑念をぶつけてみる。

直後、それまで考えながらしどろもどろの口調だった周防が、即答した。

「違うっ。そんなことは、考えてもなかった」

驚いたような反応に、陽向もコクリとうなずく。

周防の目的が、植物園のものではなかったことは信じられる。憲司に語った通り、正体を察した時から陽向も疑っていない。

だから、ますます不思議なのだ。

「僕が、独り暮らしなのも……わかってて？」

「それは……まぁ。先代の園長が亡くなっていたのは、知っていたが」

「世間知らずなお人好しは、簡単に騙せるって侮っていたわけだ」

「そんなつもりは」

「違うって言いきれる？」

反論しかけた周防の言葉を、硬い声で遮る。周防からの答えはなく、やっぱりそうなのか……と頬を歪《ゆが》ませた。

つまり、どこでもよかったけれど、自分の正体を知らないであろう騙しやすそうな陽向を選んだ、ということか？

後腐れなく、一ヵ月が終わればこれまで通りの『霧島周防』に戻れる……と。

先ほどの『笹岡氏』との会話が、ふと頭に浮かんだ。

「婚儀……って、結婚するのも、決まってたんだ。つまり、庶民の暮らしを体験してみたかっただけってこと？」

ポッポッと口にしながら、なにか……正体不明の熱い塊が、喉の奥から込み上げてくるのを感じた。

一ヵ月と、最初から期限を切っていた理由はわかった。

自由にできる時間が残り少ないのだから、所謂《いわゆる》『思い出作り』をしたかったのだろう。

「そ、れは……っ」

「ふざけんなよ」

低い声でつぶやくと、周防がグッと言葉を呑み込むのが伝わってきた。

これは……なんだろう。これまで感じたことのない、灼熱《しゃくねつ》のマグマのようなものが身体の奥深くから湧き上がってくる。

グッと両手を握り締めた陽向は、周防を睨み上げて思いつくがままに言葉をぶつけた。

「お坊ちゃんの思い出作り？　そんなものに、僕を巻き込んで……陰で笑ってたんだ？　犬だから、って言い分を信じるバカだと思ってたかもしれないけど、僕は周防によほど深い事情があって……ッて思っ、て」

息が苦しくなった陽向は、言葉を切ってケホケホと噎《む》せる。

感情に任せて他者に思いをぶつけるなど、初めてだった。

頭の中がグチャグチャに混乱していて、自分がなにを言っているのかさえわからなくなってくる。

周防は、陽向の平穏な日常に突如現れた異分子だった。

戸惑い……困惑して、でも……いつしか、存在に馴染んでいた。

周防が押しかけてくるまで、独りなのが当然だったから淋しいなどと感じることもなかったのに……たった半日姿が見えなかっただけで、奇妙な不安と淋しさに襲われた。

周防が出て行けば、これまでと変わらない平和な日常に戻る……と。清々すると言ってやりたいのに、胸の奥には言葉では説明のつかない感情が渦巻いている。

これまで通り、か。

周防が現れる前の日常に、戻れるのだろうか。どんなふうに日々を過ごしていたか、ハッキリ思い出すこともできないのに。

「いい気なものだよな。自分は、きちんと戻る場所を確保しておいて……危険がないところで、一ヵ月の冒険か。庶民の生活は、楽しかった？　ああ、御曹司の口に合わないものを散々食べさせて悪かったな。……気が済んだなら、さようなら。二度と逢うことはないだろうけど、お元気で」

周防の顔は、見られなかった。

うつむき……自分の爪先を睨みつけて、別れの言葉を告げる。

声は、震えていなかっただろうか。奇妙にかすれてしまったのは……隠せていないだろうけど。

沈黙が流れる。

早く、一秒でも早く出て行ってくれ……と唇を噛んでいると、強い力で二の腕を掴まれた。

「陽向、俺は……っ」

「なにも聞きたくない。出て行ってください」

頑《かたく》なに顔を背けて、言い訳は無用だと目を逸らし続ける。

二の腕に食い込む指が、痛い。

陽向を呼んだ周防の声は、縋《すが》るようなものだったけれど……言い分を聞いてあげる余裕はない。

今度は、どんな言い訳で自分をバカにしてからかおうというのだろう。

今すぐ、一人になりたい。

一人になって、自分のバカさ加減を噛み締めて、この一ヵ月をなかったものにできるよう周防の痕跡を消し去ってしまいたい。

「君が使ってたもの、持って行ってくれる？　残ってたら、全部捨てるから。あ、安物の服や……食器や歯ブラシなんか、いらないか。じゃあ、捨てていいよね」

はは……と、意味のない乾いた笑いを漏らす。

どうして、自分が笑っているのかわからない。笑える心境でもないのに……。

「ひなた……」

頼りない声で名前を呼ばれて、二の腕に食い込む周防の指の力がますます強くなる。

その情けない声はなんだ？　と笑ってやりたいのに、今度は何故か笑えなくて。眉を顰めたけれど、やはり目を合わせることはできなかった。

《九》

陽向が、こちらを見てくれない。自分から目を逸らし続けている。

強張った頬を見下ろしていた周防は、陽向の腕を摑む指にグッと力を込めた。

「陽向……っ」

名前を呼んでも、聞こえていないかのように無反応だ。細い腕を力いっぱい握るのは少し怖いのに、こちらを見てほしくて指を食い込ませる。

「ッ」

よほど痛かったのか、そっと眉を顰めた。

いっそ睨んでくれたらいいと思ったのに、それでも顔を背けたままで……もどかしくて堪らなくなった。

どうすればいいのかわからなくなり、腕を摑んでいた手で陽向の頭を挟み込む。

「陽向、こっち見ろよっ」

強引に顔を仰向《あおむ》けさせて、自分に向けた。綺麗な顔を隠す眼鏡が邪魔で、乱雑な仕草だとわかっていながら奪い取って投げ捨てる。

周防がそんな行動に出ると思っていなかったのか、陽向は目を瞠ってこちらを見上げてきた。

やっと、視線が合った。

そう、安堵したのは一瞬だった。確かに視線を合わせているはずなのに、陽向は……空虚な目で周防を見ている。

……違う。これは、周防を素通りしている。陽向は、完全に自分の存在をシャットアウトしようとしているのだ。

「陽向、陽向……っ」

縋るような声をみっともないと思う余裕もなく、ただひたすら陽向の名前を呼ぶ。それでも、陽向の心をこちらに向けることはできなくて……こうしようと頭で考えるよりも先に、身体が動いた。

陽向の頭を両手で摑んだまま、背中を屈めて唇を触れ合わせる。目の前の陽向が、ビクンと身体を震わせるのが伝わってきた。

「ッ……!!」

全身を硬直させ、逃れようともしない。どんなことをしても陽向の意識をこちらに向けることはできないのかと……絶望的な気分で触れ合わせていた唇を離した。

「……陽向」

顔を覗き込むようにして、視線を絡ませる。すると、周防が望んだ通り……ようやく目が合った。

ホッとしたのはつかの間で、また視線を逸らしかけていることに気づいた途端、陽向を抱き寄せていた。

嫌だ。嫌だ……ダメだ。陽向は、自分を見ないといけない。どうにかして、陽向の心を繋《つな》ぎ止めたい。

全部捨てる？　周防の存在をなかったことにしようとしている。そんなの、許せない。

胸の中に様々な感情が渦巻く。なに一つ、考えが纏まらない。

ただ……抱き寄せた陽向が可愛くて、愛しくて、この存在を離したくないという思いばかりが込み上げてくる。

「陽向、陽向……っ、俺のこと見てよ。いないみたいに、しないでよ」

まるで、駄々っ子だ。バカげている。

頭の隅にかすかに残った理性が、自分自身をそう嘲笑している。なのに……止まらない。

再び唇を塞ぎ、強引に口づけを深くする。腕の中の陽向が人形のように無抵抗なのをいいことに、畳に組み敷いてシャツの前を開いた。

手のひらを這《は》わせた素肌は、あたたかい。確かにここに陽向がいるのだと……人形ではないと、奇妙な安堵が込み上げてくる。

なにより、こうして触れても拒まれないのが嬉しくて、陽向の素肌に触れながら胸の奥が熱いものでいっぱいになる。

「陽向。ひな……」

キスを……したいな、と。そんな思いを実行に移そうとした周防だが、陽向の顔を目に映した途端ピタリと動きを止めた。

陽向の身体は、ここにある。あたたかくて……心臓の鼓動が伝わってきて、確かな存在として周防のすぐ傍にある。

でも、その目にはなにも映っていなかった。ガラスのように、一切の感情を窺わせないものだった。

「あ……」

周防は我に返り、触れていた陽向の身体から手を引く。

ごめん、と。謝ろうとした。

でも、それはなんだか違う。

こんなふうに、衝動的な行動に出た理由は……。

「ひなた……が、すきなんだ」

小さな子供のような、たどたどしい言い方になってしまった。そうして言葉にしたことで、初めて周防自身も自覚する。

陽向が、好き。

いつから？　それは、ハッキリわからない。

でも、だから一緒にいたかった。傍にいると、楽しくてホッとして……なにか特別なことをするでもない日常が、宝物みたいに愛しかった。

望むものはなく、望んではいけなくて。

子供の頃から、色んなものを諦めていた。欲しがってはいけないのだと、無意識に目を逸らし続けていた。

なのに、陽向のことだけは……そうはできなかった。

たった一度、接触と言えないほどささやかな出会いだったのに、記憶に棲《す》みついて消えなかった。

「陽向が、好きなんだ」

今度は確信を持って口にしたけれど、陽向はやはり顔を背けたままだった。

陽向には届かない？　……当然だ。今の自分では、なに一つ信じてもらえるはずがない。

「好き……だから、なにをしてもいいってわけ、ないよな。好きだから、こんなふうにしちゃいけなかった」

うな垂れた周防は、陽向の腕を引いて身体を起こすよう促す。

陽向は、糸の切れた操り人形のように周防に従い、シャツのボタンを留めるあいだも身を任せきっていた。

こんなのは、違う。

周防など、どうでもいいのだと……周防の存在を心から消した陽向を、自分のものにしたいわけではない。

「陽向、俺……俺に、チャンスと時間をくれないか。陽向に信じてもらえるようになって、好きって、きちんと言いに来る」

陽向の耳に、きちんと届いたかどうかはわからない。

けれど、指先がほんの少し震えたのを見逃さなかった。それに勇気を得て、スッと大きく息を吸い込む。

「俺のこと忘れて、なかったことにしてもいいけど……嫌いにならないで」

勝手なことばかり告げて、唇を触れ合わせる。やはり陽向からの反応はなかったけれど、スッと立ち上がる。

陽向に信じてもらえるように……なにより、『霧島』が敷いたレールの上を走るのではなく自分がどうしたいのか、どう在るべきなのか熟考して、やらなければならないことは無数にある。

とてつもなく自分本位なことはわかっているけれど、周防は『アン王女』のようになれない。

エゴイスティックで、我儘な子供と同じだ。

目を閉じて、一つ深く息をつく。

「いっぱい、嘘をついたから信じてもらえないとわかってるけど……陽向のことが好きっていうのだけは、嘘じゃないから」

陽向は顔を上げてもくれなかった。完全に周防の存在を意識の外に追い出している。

それに、心臓をギュッと握り締められたような淋しさを感じるのも自分勝手極まりない。

自嘲の苦笑を滲ませて、それでも決意を実行に移すべく陽向に背中を向けた。

□□□

早足で長い廊下を歩く。

笹岡が背後に控えているのはわかっていたが、気に留めることなく目的の部屋の扉を開いた。

「失礼、お父様」

「周防か。……その格好はなんだ」

ジロリと周防を睨んだ父親は、眉を顰めてあからさまな不快感を示した。

これまでの周防は、父親の前に出る時はスーツとネクタイを着用して『霧島』の跡取りとして相応《ふさわ》しくあるよう努めてきた。

たとえ父親であろうと隙を見せてはいけないと、無理をしていたつもりではなかったけれど……肩肘《かたひじ》を張っていたのだと今ならわかる。

それが、ラフな生成りのシャツとジーンズという出で立ちで現れたのだから、この反応も仕方がない。

今から自分が口にする言葉を耳にすれば、服装など些細《ささい》な問題になるはずだ。

「お願いがあります」

「……おまえが？　珍しいな」

意外そうな顔をした父親は、持っていた新聞をテーブルに置いた。自分の前にあるソファを目で指して、腰かけるよう促してくる。

ゆっくり座って話をするつもりではなかったし、そんな気分でもないのだが……少し落ち着くことも必要だろうと自分に言い聞かせて、ソファに腰を下ろした。

「それで、藪《やぶ》から棒に『願い』とはなんだ？」

「我儘だということは、重々承知です。まず……絢子さんとの婚約を一旦白紙に戻していただきたいのです」

「……な……」

呆気《あっけ》に取られたような顔をして、まじまじと周防を見詰めている。父親が我に返る前に、と畳みかけた。

「それから、霧島の継承についてですが……しばらくお待ちいただけますでしょうか。今の私は、霧島の名を継ぐのに相応しくありません」

「な……なにを言い出す」

眉間《みけん》に深い皺を刻んだ父親に、周防は準備していた言葉を畳みかけた。

一気に口に出してしまわなければ。今後は、こうして主張できる機会がないかもしれないのだ。

「霧島から除籍していただいても構いません。それくらいの覚悟でもって、このようなことを言い出していますので」

「周防‼　おまえはいったい……なにが、どうなっておる。っ……笹岡‼　おまえはなにか知っておるのではないかっ？」

戸口に立つ笹岡に視線を遣《や》り、詰問する。

鋭いその目は、おまえがついていながら周防になんということを言わせるのだと、咎《とが》めるものだった。

「やめてください、お父様。笹岡は無関係です。私は、私の意思で……」

「うるさいっ。おまえはどうかしている‼」

父親はバンバンとテーブルに新聞を叩きつけながら、激高を露にして周防を睨みつけてくる。

泰然自若な人だとばかり思っていたのだが、それだけ周防の申し出が度肝を抜いたということだろうか。

初めて目にする感情的な父親を前に、腹を括った周防は不思議なほど落ち着いた心地だった。

ドアを閉めていなかったせいで、父親の怒号は廊下に響いていたのだろう。別室にいた母親が、顔を覗かせる。

「……大声を出されて、どうなさったんですか？」

「周防が……っっ、医者を呼べ。脳の専門医だ。ＣＴスキャンを撮ったほうがいいかもしれん。あとは……」

「あなた、ちょっとお待ちになってください。周防さん？　なにが……？　身体の具合がすぐれないのですか？」

頭を抱える父親をよそに、これまでのやり取りを知らない母親は不思議そうな顔をしている。

腰かけていたソファから立ち上がった周防は、「いいえ」と首を左右に振った。

「ご心配は無用です。私は正気ですし、脳の具合も身体の具合も正常ですから。お父様に、霧島の継承について考え直していただけないかと申し出たのですが、あまりにも唐突だったようです。その点については反省しております」

「どういうことですか？」

怪訝そうに聞き返されて、少し躊躇《ためら》う。

父親が、この反応なのだ。おっとりとした母親など、更に混乱させるのではないかと懸念が浮かんだけれど、周防と目を合わせた母親は凛《りん》とした眼差《まなざ》しでこちらを見て……周防の言葉を待っている。

「周防さん」

静かな声で名前を呼ばれて、大きくうなずいた。

大丈夫だ。もしかしたら、父親よりもどっしりと構えて話を聞いてくれるのでは。

母親を侮っていたかもしれないことに関する反省は後にして、

「こちらにかけてください」

先ほどまで、自分が腰かけていたソファを手で指した。母親は、うなずいて室内に入ってくる。

父親は……と目を向けると、なにか言おうという気もないのか、ムスッとした顔で唇を引き結んでいる。

「実は……」

本来、現当主である父親に話すのが筋だとわかっている。でも、あの剣幕では聞く耳さえ持ってくれないようなのだ。

ここで話せば耳に入れることはできるだろうと、父親を前に、まずは母親に聞いてもらうべくして口を開いた。

今の自分は『霧島』の名を継ぐ器ではない。継承を待ってほしい。可能なら、継承権を返上したい。除籍も覚悟だ。

それらの主張を終えた周防が口を閉じると、重苦しい沈黙が広がる。緊迫した静寂を破ったのは、予想外の人物だった。

「少し意外だわ」

いつから、そこに立っていたのか……妹の声に、パッと顔を戸口へと向けた。

周防と視線を絡ませた妹は、ふふっと笑いかけてくる。

「小夜香は部屋へ戻っていなさい」

「あら、私にも無関係ではないと思いますけど?」

苦い口調で告げる父親に軽やかに反発したかと思えば、テーブルの脇まで歩みを進めてくる。

周防の隣に立ち、こちらを見上げてきた。

「私は……お兄様の味方をします。長男だから、なんて……時代錯誤もいいところですわ。逆に、女だから資格がないなんて、同じ血を持つ者として不公平だと言わせていただきたいですわね」

「おまえは、なにを……」

今度は、小夜香が予想もしていなかったことを言い出した……と。

顔を歪める父親をよそに、妹は主張を続ける。

「私、ずっと思っていましたの。政治経済のお勉強は楽しいし、研究バカ……失礼、研究者向きの性質のお兄様より、私のほうが世渡り上手だと自負しています。お兄様がイラナイと放棄なさるなら、私が譲り受けても問題はないと思われませんか？」

「も、問題は大ありだ！　おまえは女子ではないか。『霧島』の継承は、古《いにしえ》から直系男子に課されたものであって……」

「あなた。少し落ち着きになって。周防。小夜香。あなたたちの言い分はわかりました。でも、今すぐどうにかできるものだとは……あなたたちも思いませんでしょう？　時間が必要です」

父親をそっと諫《いさ》めた母親に、小夜香は唇を結んで視線を落とした。

周防も同じだが、今がチャンスだとばかりに焦燥感に背中を押されて、矢継ぎ早に自分勝手な思いを口にしたという自覚はあるのだろう。

「……はい。申し訳ありません」

「今すぐ、どうにかできるものでないことは……承知しています」

妹と周防がうなずくと、父親に向き直った。

背筋をまっすぐに伸ばし、臆することなく意見を述べる母親は……周防が抱いていた『父に従順でまるで明治の女性のようだ』という彼女のイメージを根底から覆すものだ。

「あなたも、冷静になって考えるべきです。差し出がましいことを申し上げましたが、時代は変化していますわ。臨機応変に潮流を読むことも、『霧島』の当主の役目ではございませんか。母親として私が望むのは、子供たち二人の幸せです。あなたも、『霧島』から離れて……ただの父親であれば、同じではありませんか？」

「……一人にしてくれ」

父親は、難しい顔で唸るようにつぶやく。

周防と母親と、小夜香。

無言で目配せをした三人は、父親を残して静かに廊下に出た。

扉を閉めて、大きく息をつく。

「小夜香……謀ったな？」

「あら、人聞きの悪いお言葉ですわね。……賭けだった、とだけお答えいたします」

ポツリとつぶやいた周防に、隣に立つ小夜香はシレッとした声で返してきた。

なんのことか、主語がなくても通じたあたりからして、やはり。

「……まぁ、感謝している。おまえがきっかけをくれなければ、反乱を起こそうなどと考えもしなかっただろうからな」

「あら、もしかしてお兄様にも素敵なロマンスが訪れたのかしら？」

「ノーコメント」

目を合わせることなく、二人だけが理解できる会話を交わして逆方向へと足を向ける。

自室に向かって一歩踏み出した周防は、足を止めて母親を振り向いた。

「お母様……勝手なことをして、申し訳ありません。味方をしてくださって、嬉しかった」

「反抗期……にしては、少し遅いわねぇ。ただ、一つ言わせてもらいます。あなたたちの味方であることは否定しません。でも、霧島の名前を持つ者として、責任と義務があることはおわかりですわね？　除籍は体のいい逃げです。逃げるのではなく、行動で納得させなさい。周防が継承権を返上して、小夜香に譲渡する。口で言うほど、簡単なものではありませんわよ」

母親として、無償の愛で包んだ……かと思えば、現実を突きつけてくる。

気を緩ませかけていた周防は、グッと奥歯を噛み締めて表情を引き締めた。

「……覚悟の上です」

「実力で継承権をいただいたと、認めさせますわ」

同じく足を止めていた小夜香も、凛とした声で答える。

今度は小夜香と視線を絡ませて、大きくうなずき合った。

これから、しなければならないことは……と頭に浮かべながら、自室に向かって大股で歩く。

ドアノブに手を伸ばしたところで、ふと背後に目を向けた。

気配を殺して、付かず離れず……周防の邪魔にならない位置に控えていた笹岡を、視界に入れる。

「聞いていただろう」

「……いいえ。私自身に向けて話されていたわけではございませんから」

「相変わらず、秘書というより執事の鑑《かがみ》だな。だが、面倒だから聞いていたという前提で語らせてもらう。私は『霧島』の当主にはなれない。おまえに責務はないのだから……好きにしろ。笹岡のように優秀な執事は、世界中どこに行っても歓迎されるだろう」

「身に余るお言葉です。ただ、僭越《せんえつ》ながら買いかぶりと申し上げざるを得ません。私が仕えるのは、ただ一人……周防様のみ。周防様が『霧島』の継承権を返上されようとも、不退転の決意です。ですが……」

真っ直ぐに背筋を伸ばし、揺るぎない声で語っていた笹岡だったが、最後の最後に初めて迷う素振りを見せる。

「……あなた自身に、不要だと打ち捨てられましたら……その限りではありませんが」

「それも、今、簡単に結論を出せるものではないな。これから、私の立場がどうなるか予想もつかない。無職になるかもしれない男に、おまえは……もったいない」

「万が一、そんな事態に陥りましたら、その時こそ私が必要になるかと思います……とだけ、申させてください」

「頑固者め」

短く答えた周防は、唇の端にかすかな微笑を浮かべて小さく吐息をつく。

でも、心強かった。母親といい……笹岡といい、無条件で味方をしてくれる人間など、望んでも容易《たやす》く得られるものではないだろう。

これまでの周防なら、当たり前に傍にあるものだと……ありがたみに、気づかなかったかもしれない。

「やるべきことが山積しているな」

自室のドアを開けながら、ポツリと口にする。

背後からは、これまでと変わらない笹岡の声が聞こえてきた。

「……私にできることでしたら、なんなりとお申し付けください。尽力させていただきます」

「ありがとう」

つぶやきに対する返事はなかったので、笹岡にまで届かなかったかもしれない。

けれど、頼もしい『共犯者』を得たのだと……心強くて、凪《な》いだ心地になった。

《十》

ふと、時計を見上げて嘆息する。そろそろ、チケット売り場の小窓を閉めてもいい時間だろう。

静かだ。

周防は、無駄に口数が多いタイプではなかった。身体は大きくても、立ち居振る舞いはスマートで騒々しさとは無縁だった。

それでも、彼がいないだけでこれほど静かだなんて……当たり前のように傍にいた時には、わからなかった。

夕食のメニューはなにがいいのだと、相談する相手がいない。それが、こんなに淋しいなんて知らなかった。

平穏な日常に彼が現れなければ、知らずにいられたのに。陽向に『淋しい』という感情を芽生えさせた当人は、もういない。

「やめよう。考えない、考えない」

こうして、ふとした拍子に思い出してしまうこと自体が腹立たしい。わざと声に出して自分に言い聞かせても、ままならない。

ふらりと現れてしばらく居つき、飼い主のもとへ戻った『犬』だったのだと、記憶から消し去ってしまおうと努力しているのに……思うように消すことができない。

ぼんやりとしていた陽向だったが、

「おーい、陽向。入るぞ」

名前を呼ぶ声に、ビクッと肩を震わせた。

「あ……どーぞ」

チケット売り場の小窓から聞こえてきた憲司の声に、振り向いて答える。すぐにドアが開き、長身が事務室へと入ってきた。

「改良を加えた完成品。これでいいか、最終確認してくれ……ってさ」

そう言いながら差し出してきた紙袋には、ハーブティーやお菓子が入っているのだろう。

彼の姉や、茶葉を卸しているカフェのオーナーが商品化に向けて試作を繰り返していたものは、もう陽向が口を挟む必要のない出来だと思うが……。

「ありがと。……お茶でも飲んでいく？」

「ああ。勝手にもらう」

冷蔵庫を開けた憲司は、缶のお茶を手にして陽向の脇に立った。缶のプルタブを起こして、パソコン画面を覗き込んでくる。

そこに表示された英文メールに、グッと眉を顰めた。

「今度はなんだ？　また、無理難題を吹っかけられてるんじゃないだろうな」

「いや、大丈夫。スイスの植物学者だって。今は日本国内でも希少な、日本固有の植物がこの植物園にあるって、専門家の間に口コミで広がってるみたいで……」

譲ってくれ、というものから株分けをしてくれというものまで。できませんと丁重に断れば、種子だけでも……いや、見学するだけでもいいからと食い下がられる。

無視するわけにもいかずにすべてに返信しているけれど、海外からのメールには辞書を片手に悪戦苦闘するせいで、一通に丸一日を費やすこともある。

「おまえ、律儀だよなぁ。断り文句の英文ひな形を作っておいて、コピペ……じゃダメなのか？」

「うーん……それも考えたけど、要求が微妙に違うんだ。個別に返さなきゃいけないから、それもなかなか……。なにより、英文メールを訳すだけで大変。英語、苦手だったんだよなぁ」

「あー……それは俺もダメだ。アルファベットの羅列を見てるだけで、眠くなってくる。いっそ、海外からのメール全部ブロックしちまえば？」

「そういうわけにも、って思ってたけど、最終手段としてはそれもアリかな」

ギリギリ平均点だった陽向も人のことを笑えないが、毎回赤点だった憲司の悲惨な成績を知っているので、つい苦笑を滲ませてしまった。

「アイツが忽然《こつぜん》と消えて、一ヵ月……か。結局、なんだったんだ？」

不意に、憲司が声のトーンを落として口を開いた。

アイツ、と濁されても誰のことだと聞き返すまでもない。早々に話を切り上げたくて、淡々と言い返した。

「さぁ。被害があったわけじゃないから、もういい」

「おまえは否定していたけど、アイツやっぱり、霧島周防……だろ」

「知らない」

即答した直後、失敗した……と眉根を寄せる。これでは、肯定しているのと同じだ。

うつむいた陽向が唇を噛んでいると、頭上で憲司が深く息をついた。

「ローマの休日、ってやつか。御曹司が正体を隠して、冒険。さぞ楽しかっただろうな」

「意外だな。憲司がローマの休日を知ってるなんて。アクション映画にしか興味がないと思ってた」

「バカにすんなよ。俺だって、それくらい……と言いたいところだが、前につき合ってた子に無理やりリバイバル上映に引っ張って行かれたんだよ。でも、最後まで寝ないで見たぞ。……霧島の御曹司も、あんな感じだろ」

「はは……そっか。ローマの休日『ごっこ』に巻き込まれたこっちは、いい迷惑……」

憲司がつぶやいた古い映画は、陽向も知っている。周防と、天真爛漫《てんしんらんまん》な王女が重ならなかったと言えば嘘だ。

一般常識を知らない周防を前に、チラリと『ワンコの王子様』と頭に浮かんだのだから。あながち、的外れというわけでもなかったのだろう。

「――結末はあの映画とは違いますが」

「っっ！」

心臓が止まりそうになった！

チケット売り場の小窓から聞こえてきた低い声に驚いた陽向は、息を呑んで大きく身体を震わせる。

声の主は、小窓から顔を覗かせて話しかけてくる。

「失礼。通りかかったら、会話が聞こえましたもので。そちらにお邪魔してもよろしいでしょうか」

「………」

喉の奥になにかが詰まったようになっていて、陽向はなにも言えない。代わりに、持っていたお茶の缶を事務机に置いた憲司が答えた。

「どうぞ。お坊ちゃん」

皮肉の滲む一言に反論はなく、ドアが開かれる。

陽向はパソコンのキーボートを見据えたまま、動くことができなかった。心臓が……とてつもなく激しく鼓動を響かせている。ドンドンと、胸の内側から乱打されているみたいだ。

震える手を握り締めたところで、憲司が口火を切った。

「ご用件は？　っと、アナタとは初対面でしたね。俺は、茶葉の専門店に勤めていて……こちらが、名刺。焙煎《ばいせん》からブレンドまで承っております。個別のご要望にもお応えしますので、御用の際はぜひどうぞ」

皮肉をたっぷりと含んだ声で、『初対面』と言った憲司が、大方の事情を知っていると思ったのだろうか。

ほんの少し間があり、落ち着いた声で周防が切り返した。

「ご丁寧に、ありがとうございます。私は……名刺を持ち合わせておりませんが、霧島製薬研究所所属の研究員です。霧島周防と申します」

「その研究員さんが、こーんな寂れた個人植物園に……なんの御用で？」

憲司は、周防が名乗った研究員、という部分にアクセントを置く。

二人のやり取りを背中で聞いていた陽向も、かすかな違和感を覚えて目をしばたたかせた。

霧島周防であることは、否定しなかった。でも、まるで……ただ単に製薬会社の研究所に勤めているだけの会社員のようだ。

世界に名だたる『霧島』の御曹司が、名刺の一枚も持っていないわけがない。それとも、自分たちには『豚に真珠』『猫に小判』といった具合に、分不相応だとでも思っているのだろうか。

奥歯を噛んで卑屈なことを考えていると、別の男の声が割り込んできた。

「失礼ですが、部外者は席を外していただけますでしょうか。私と一緒に……外へ」

「ちょ……っ、なんだよ、あんたっ。部外者、って確かに俺は部外者だけど、おいっっ！」

焦ったような憲司の声に驚いて、無視を決め込んでいたにもかかわらずつい振り返ってしまった。

憲司の背に手を当てて強引に戸口へと誘導しているのは、陽向も何度か顔を合わせたことのある人物だ。確か、笹岡……だったか。

「待て、俺は陽向に」

「お話は、外で私が伺いましょう。嵩原《たかはら》さんのことは、あなたがご心配なさらなくても大丈夫ですよ」

「はぁぁ？　なんだ、その根拠のない自信たっぷりなセリフはっ。イテテ、優男のくせに怪力だなっ」

何事だと呆気に取られる陽向をよそに、スーツ姿の青年が憲司を扉の外へと連れ出してしまった。

外からは文句をぶつける憲司の声が途切れ途切れに聞こえてきていたけれど、陽向の意識はすぐさま『周防』へと奪われる。

仕立てのよさそうなスーツを身に着けて、威風堂々とした出で立ちだ。黙って立っているだけなのに、妙な威圧感を発している。

これは、陽向と一緒にいた時の『周防』ではない。

名家を背負うべくして生を受け、相応しくあるように生きてきた男の矜持《きょうじ》が、オーラとなって全身から滲み出ているみたいだ。

住む世界が違うのだな、と。自然と頭に浮かび、唇が綻んだ。

腰かけていたイスから立ち上がり、周防を見上げる。

「霧島さん、と仰いましたか。なんの御用でしょうか」

気負うことなく、自然と言葉が口を突いて出た。初対面の人間に対する、いつも通りの応対だ。

陽向を見下ろしている周防は、ギュッと眉を顰めて戸惑いを表し……思い直したようにゆるく首を左右に振ると、静かに答える。

「お願いがあって、こちらに伺いました。アポイントメントも取らず、失礼だということは重々承知です。まずは、こちらを……見ていただけますでしょうか」

「……はぁ」

差し出された茶封筒の封を破り、中の書類らしき紙の束を引き出す。陽向は怪訝な顔をしていたはずだが、周防は無言だった。

視線で文字を追っていた陽向は、徐々に眉間の皺を深くする。

「なに……これ。僕が、ハイハイと受けるとでも」

「そんな甘いことは考えてない。ただ、検討してほしいんだ。今すぐ答えを出さないでいいから……できれば、前向きに。勝手なことばかり、お願いするけど」

「本当に勝手だな‼　検討の余地なし。持って帰ってください」

書類の束を突き返そうとしたけれど、周防は両手を背中側で組み、受け取り拒否を態度で示した。

つい、受け取ってしまったこと……一枚目だけでも読んでしまったことを後悔しても、後の祭りだ。

「絶対に悪いようにはしない。名義上だけだ。霧島の存在をチラつかせるだけでも、牽制《けんせい》することができる。ここを……守りたいんだ」

「意味、わかんな……」

混乱した陽向は、周防に背中を向けようと身体を捻る。けれど、大股で距離を詰めてきた周防の腕の中に抱き込まれるほうが早かった。

「は、離してください」

「陽向」

たった一言。短く名前を呼ばれただけで、全身の筋肉が強張って抗おうという気力を殺《そ》がれてしまった。

陽向の知っている周防ではない。上質なスーツの感触も知らないものだ。なのに……抱き込まれた腕のぬくもりは同じだった。

硬直した陽向は、息を詰めて続く言葉を待つ。

「時間を、もらった。半年……今、俺が手がけている研究の結果が出るのが、約半年後だ。それによって、霧島をより発展させるために研究者として専念するほうが適していると、周りを納得させる。継承権は、妹に譲渡する予定だ」

「そんな……こと、が」

頭のすぐ傍で聞こえる周防の声、落ち着いた調子で語られた内容が俄《にわ》かに信じられなくて、そっと首を左右に振る。

この人は、なにを言っているんだ？　そんな大切なことを自分に聞かせて……どうする気だろう。

「本人曰く、『野心家』の妹と利害が一致した。あとは……ああ、婚約も白紙に戻してもらった。元許嫁の幼馴染み殿には、想い人がいるらしい。優秀な、加賀友禅作家だ。家同士はもうしばらく揉《も》めると思うが、彼女とは互いのために共同戦線を張ることで合意した」

「…………」

妹に継承権を譲るとか、婚約を白紙に……とか。

予想もしていなかったことを次々と聞かされた陽向は、頭の整理がつかない。

「そ、んなの……僕に、無関係の人間に話していいのか？　ものすごい、スキャンダルだと思うけど」

「無関係、か。今は、まだそうかもしれないが……いずれ、必ず関係者になってもらう予定だから」

自信に溢れた言葉に、そろりと顔を上げる。

陽向と視線を絡ませた周防は、やはり陽向が知らない男の顔をしていた。

「陽向が……嵩原さんが『うん』と言ってくれるまで諦めませんので、覚悟していてください。本気だと信じてもらえるまで、何度でも来ます」

改まった口調で、よどみなく口にする。

陽向はどう返せばいいのかわからず、頭に浮かんだ一言をポツリとつぶやいた。

「こ、困る」

「申し訳ないが、あなたが困っても私の勝手にさせてもらいます。入園料はきちんと支払いますので、ご心配なく」

「心配とか、って問題じゃ……コレは、捨てるから」

「構いません。では、新たな書類を作成して明日にまたお伺いします。本日はこれで失礼します」

腕の中から陽向を解放して、芝居がかっていると感じるほど恭しく頭を下げた周防は、唖《あ》然《ぜん》とする陽向に背を向けて事務室を出て行った。

呆然《ぼうぜん》と立ち尽くしているところへ、憲司が勢いよく飛び込んでくる。

「おい、陽向っ。なんだよ、さっきのアレ！　霧島周防も、さり気なく強引に俺を拘束しやがった慇懃《いんぎん》無礼《ぶれい》な秘書とかって男も！」

「よく……わかんない」

ぼんやりとつぶやく陽向に焦《じ》れたのか、「くそっ」と口汚く吐き捨てた憲司が屈み込む。床に落ちていたグシャグシャになっている書類の束を拾い上げ、「なんだコレ」と怪訝な顔で読み始めた。

「霧島が資本を提供して……外部との窓口となる？　ただ、運営管理に関しては、一切関与しない……って、つまり金は出してやるし面倒な交渉事も引き受けてやる、てことか。そのくせ、植物園のアレコレはこれまで通り陽向に任せて口出ししない……？　コッチに都合よすぎて、胡散臭ぇ。うまい話には裏がある、ってヤツだろ」

憲司は、書類の一番上のページにザッと目を通したところで、苦々しくそう口にする。

やはり、そう思うのが当然だろう。陽向も、こちらに都合がよすぎて気持ち悪いと感じたくらいだ。

「って、おいおい……ラブレター付きだ」

「は……ぁ？」

呆れた口調での『ラブレター』の一言に、ハッと現実へ引き戻された。

勢いよく顔を向けた陽向に、憲司は白い封筒を差し出す。

「ラブレターってのは冗談だが、明らかにソレは堅苦しい書類じゃないだろ」

真っ白な封筒の表書きは、自筆での『陽向へ』だった。確かに、どう見ても個人的な手紙だ。

恐る恐る受け取ったのはいいが、封を切ることができない。

「おまえが見ないなら、俺が開けるぞ。このままじゃ、気になって帰れん」

「いいっ、僕が開けるよ」

なにが書かれているのか、想像もつかないのが恐ろしい。こちらに伸ばされた憲司の手から封筒を逃がして、思いきって開封した。

中に入っていたのは、厚手のカードが一枚。宛名書きと同じ、ブルーブラックのインクで記されているのは……。

「なんて？」

「なんでもないっ。メチャクチャ、どうでもいいことだった」

覗き込もうとした憲司から見えないよう、慌ててカードを引っくり返す。憲司は、「なんだよ」と不満そうだったけれど、こんなの見せられるわけがない。

『陽向のコロッケが忘れられない』

それだけなら、まだいい。

オマケのように、『陽向が好きだ。本気だからな。遅い初恋だと笑ってくれ』などと……ふざけているとしか思えない。

頭を抱える陽向に、憲司は不思議そうだ。

「あの男がなにをしたいのか、俺にはよくわからん。……が、陽向が元気を取り戻したみたいだから、まぁいいか」

「元気？　どこが？」

「……おまえ、自覚してないのかよ。ここしばらく、あの女にフラれた時とは比べようもないくらいへこんでただろ。なにがどうなっているのか、今すぐ、根掘り葉掘り聞き出したいのは山々だが」

そこまで言ったところで、どこかから見ているかのようなタイミングで携帯電話が着信音を鳴り響かせる。

「ってわけで、鬼店長のお呼びだ。夜、家のほうに行くから説明しろよ」

「憲司、僕は話すって言ってな……い」

憲司は陽向が言い終わらないうちに踵を返して出て行き、事務室のドアが閉められた。

一人、ポツンと取り残された陽向は、クシャクシャになった書類と白いカードを交互に目にして深く息をつく。

自分の周りには、どうしてこう……傍迷惑なくらいマイペースな人ばかりなのだろう。

「周防、本気？　明日も、また来る……って」

本当に、通ってくる気だろうか。

陽向が彼を信じるまで、この書類に記されたあり得ない好条件での『霧島』の介入に、うんと答えるまで？

「ホントに……犬みたいだ」

主人を待ち侘《わ》びて駅に通い詰めたという忠犬を思い浮かべ、次の瞬間打ち消す。

周防が襲いかかってきたことを、陽向は忘れても許してもいない。本人も自嘲するように零していたが、『好き』を免罪符にはできない。

一緒にしては、忠犬に申し訳がないだろう。

悔しいから、なんとなく自覚しつつある感情の正体を周防自身に告げるのは……もう少し後にしよう。

周防は、半年後にはけりをつけると言っていた。

失敗などするわけがないと言わんばかりの、自信に溢れた物言いは、陽向の知る周防とはやはり違っていて不思議な感じだった。

「半年……か」

その頃には、陽向の周防に対する複雑な感情にも明確な答えが出ているだろうか。

事務机の隅にグシャグシャになった書類を置いて、その脇に白いカードをそっと並べる。

小さなため息を零した唇に、仄《ほの》かな笑みが浮かんでいるという自覚はなかったけれど。

魔法が解けても

パソコンのモニターから視線を逸《そ》らし、チラリと時計を目にする。

十七時半、か。さっき見た時から、五分しか経っていない。

なんとなく落胆した気分で、視線をパソコンへと戻したところで、

「今日は遅いなぁ？」

事務机の端に腰かけて携帯電話を弄《いじ》っていた憲司《けんじ》が、ポツリとつぶやいた。さり気なく目を向けたつもりだった陽向は、慌てて口を開く。

「べ、別に、僕は周防《すおう》を待ってなんかないけど」

言い訳じみた早口で言った陽向《ひなた》に、憲司はニヤリと笑みを浮かべた。

「俺、お坊ちゃんのことだなんて一言も言ってないぞ。語るに落ちるって言うんだっけか」

「……引っかけたな」

「おまえが勝手に引っかかったんだよ」

単純な陽向は、まんまと墓穴を掘ってしまったということらしい。

シレッとした顔をしている憲司を、唇を引き結んで睨《にら》む。反論する材料を見つけられない。

言い訳は、重ねれば重ねるほど「その通りです」と自白しているのと同じだ。

「まぁ、確かにお坊ちゃん遅いな。いつもなら、毎週火曜の十七時きっかりに来るのに。散歩の時間を忘れない、犬みたいなやつ」

容赦なく『犬』呼ばわりするのは、陽向が周防に関する一連の経緯を話して聞かせたせい

だ。

恩返しのために人間にしてもらった自称『犬』で、陽向の望みを叶《かな》えたいと押しかけてきた。最後の、『陽向が好き』云々《うんぬん》に関しては躊躇《ためら》ったけれど、周防に悪意がないと説明するには触れないわけにはいかなくて、しどろもどろに語ることになった。

難しい顔で一部始終を聞いていた憲司は、複雑な顔で「魔法で人間にしてもらった、『犬』ねぇ。ローマの休日っていうか、シンデレラやら美女と野獣やらのおとぎ話かよ。いまいち納得できねー」などと、ぶつぶつ口にしながら唸《うな》っていた。

陽向もそうだったのだが、周防の真意を摑《つか》みきれなかったらしい。それでも、周防と陽向が同性であるという点に特別な拒否感などはなかったようで、少し不思議だった。

「隙を見せたら襲いかかってくる駄犬だけど。ただの犬なら、まだ可愛《かわい》げがあるのに」

「そ、そんな言い方しなくても」

「ッ、くくく……なんだかんだ言って、アイツを庇《かば》うよな。まぁ、おまえにとってプラスになるなら駄犬でも見逃してやるよ。変な女に引っかかるより遥《はる》かにマシだ。『霧島周防《きりしま》』なら、お育ちはいいし、天然チャンでのんびり屋のおまえとはお似合いだよ」

憲司が強調して口にした『霧島周防』というフルネームに、キュッと唇を嚙《か》んだ。

信じてもらえるまで、諦めない。『霧島周防』としてケジメをつける。

周防がそう宣言した日から、半年近くが過ぎた。

最近でこそ、週に一度という頻度になった周防だが、当初はほぼ日参していた。

最初はあからさまに胡散臭《うさんくさ》がって、周防に不快感を示していた憲司だが、陽向が無視をしても引き下がることなく通い続ける姿を目の当《ま》たりにするうち徐々に態度を軟化させ……最近では、傍観することに決めたらしい。

「んー……でも、アッチのほうがより天然か？　箱入りのお坊ちゃんな分、タチが悪い。アイツ、色恋沙汰で結構なお家を捨てるなんて信じられねー……つった俺に、大真面目になんて返したと思う？」

「……さぁ。っていうか、そんな話してたんだ」

いつの間に、と首を捻《ひね》る陽向に、憲司はゆったりと腕を組む。

陽向不在で周防を問い詰めたのが気まずいのか、目を逸らして答えた。

「おまえから事情を聞いて、わりとすぐ……だから、もう五ヵ月くらい前か。おまえが席を外した時に。釘《くぎ》を刺しておこうと思ってな」

「憲司がそんなふうに過保護だから、周防が『仲がよすぎないか』ってぼやくんだ」

「お人好しな弟分が心配なだけだっつーの。その時のアイツの答えが、だな。偉そうにこうやって、『物事は意外と単純なものだ。色恋沙汰をバカにするな。太古から戦のきっかけになることも珍しくない』なんて、胸を張りやがった」

どうやら、腕を組んだのは周防の口真似をするためでもあったようだ。

その姿が容易に想像できて、思わずクスリと笑ってしまった。

「僕も、半信半疑だったんだけど……ね」

周防の真意が読めなかった頃は、陽向も「そんなバカな」と考えていたのだ。

陽向が好きだから。それだけで、家を捨ててもいい……なんて。

軽く『霧島』という家系について調べただけで、容易《たやす》く跡取りの座を放棄できない格式の家であることは予想がついたくらいだ。

「まぁ、もともと『霧島周防』っていうのは、頭のデキ的にも研究者向きだったみたいだけどな。ソッチの分野の関係者は、研究職を続けてくれるなら万々歳、って感じみたいだし。あとは、時代が味方したんだろ。あちこちの王室でも、男女問わず第一子が王位継承権を持つって改定されているし、現代じゃ飾りだけの跡取りより適性を重視したほうが家のため……周りのため、だろうな。だいたいアレは、性格的にも色々面倒そうな『霧島』の継承には向いてないだろ。その点、アイツの妹はすごいみたいだぞ。政治塾でも頭一つ抜けてる秀才らしいし、経済についても専門の学者と対等にやり合う。イイトコロのお嬢様にしては、お転婆《てんば》だよなぁ」

「……詳しいね」

「そりゃ、大事な幼馴染《おさななじ》みのために調べ尽くしたからさ！　って言いたいところだけど、全部、姉貴情報。茶葉を卸してる店のスタッフが、そのお嬢様と同じ大学に通ってたんだと」

なるほど、とうなずく。

憲司の姉は、多方面に茶葉を卸しているだけあって顔が広い。最近では、老舗《しにせ》のティーハウスや質を重視する所謂《いわゆる》上流階級に属する個人宅からの注文も増えているらしいので、友人知人は狭い世界で生きている陽向の数十倍……下手《へた》したら、もっといるはずだ。

「噂をしたら来るかと思ったけど、本当に遅いな」

ボソッとつぶやいた憲司が、チラリと腕時計に視線を落とす。口では色々と文句を言っていながら、周防のことを気にしているという自覚はないのだろうか。

陽向から見れば、憲司は周防のことを皮肉たっぷりに『お坊ちゃん』と言いつつ、育ちのよさ故か捻くれた部分のない性格を気に入っているように見える。周防も、これまでの交友関係にいなかったタイプであろう憲司を『一風変わった友人』と位置付けているようなのだ。どうやら、遠慮の欠片《かけら》もなく自分に接することを喜んでいる節がある。

ことあるごとに陽向を挟んで言い合っていて、互いに楽しそうだ。

「頑張って通ってんのに振り向いてくれない陽向を見限った、とか。ようやく諦めた、とか。お坊ちゃんは気まぐれだろうからなぁ。まぁ、俺にしてみれば陽向が駄犬の着ぐるみを着た高貴なストーカーなんてややこしいモノから解放されたなら、メデタイ限り」

「周防は、そんな」

反射的に反論しかけた陽向だったが、思いがけず別の男の声が割って入ってきたことで口を噤《つぐ》んだ。

「ストーカーなどと、物騒かつ失敬な発言は取り消してください。それに……周防様を見くびっていただいては困りますね。あの方の根気強さは、ご立派ですよ。だからこそ、あのご年齢で著しい研究成果を上げられるのですが」

そう淡々と語る声に、チケット売り場の小窓を振り返る。相変わらず、気難しそうな顔の笹岡《ささおか》が顔を覗《のぞ》かせていた。

憲司曰く、慇懃《いんぎん》無礼《ぶれい》な口調で、

「失礼いたします。周防様から、嵩原《たかはら》さんへ……こちらをお届けに参りました」

そう言って、小窓から白い封筒を差し出してくる。憲司が手を出そうとすると、「直接ご本人へお渡しするようにと言いつかっておりますので」と引っ込めた。

「ああ？　俺が、大事なお手紙を破ったり焼き捨てたりするってか？」

「そんなことは、一言も申しておりません。被害妄想では？　嵩原さん」

「……はい」

口でも勝てないらしく、ギリギリと笹岡を睨みつけている憲司に嘆息して、白い封筒を受け取った。

「ちくしょー、胸糞《むなくそ》悪いな。帰る」

チッと舌打ちをした憲司は、ガシガシと自分の髪をかき乱して出入り口の扉を開けた。陽向は、その背中に向かって声をかける。

「気をつけて。お姉さんによろしく」

憲司からの答えはなく、代わりに右手を大きく振り上げて応えてくれた。無言で笹岡を睨みつけておいて、その脇を通り抜けていった。

車のドアを開け閉めする大きな音に続いて、エンジン音が聞こえてくる。

「確かにお届けしました。では……私も、これで失礼します」

「あ、はい。ありがとうございました」

丁寧な仕草で頭を下げた笹岡に、ぺこりと頭を下げ返す。その姿が見えなくなってから、知らず知らずのうちに緊張していた肩から力を抜いた。

相変わらず、なにを考えているのか謎な人だ。仕事上の秘書というだけでなくプライベートにまで踏み込んだ執事として長く周防に仕えているらしいが、その周防が家を捨てる覚悟をしてまで陽向を口説いていることを……どう思っているのか、読めない。

「なんだろ」

手の中に残された白い封筒に視線を落として、シールの封緘《ふうかん》を切った。

電子メールや電話ではなく、こうして丁寧な封書を届けてくるあたり……やはり、特殊な家柄で育った人らしいというか、一般的な感覚ではないんだよなぁ……と考えながら。

□□□

インターホンが鳴った瞬間、心臓が大きく鼓動を打った。座っていた座布団から、数センチ跳ね上がったかもしれない。

逸《はや》る心を抑えつけ、意図的にゆっくりとした足取りで玄関へ向かって扉を開ける。目の前に、立ち塞《ふさ》がるような人影が……と顔を上げようとしたところで、

「陽向‼」

「うわっ」

名前を呼ばれると同時に抱きつかれて、身体を強張らせた。頰《ほお》に当たる、上質なスーツの生地の感触が落ち着かない。

『陽向に話したいことがある。今夜、二十二時に行くから』

そう手紙で予告されていた時間ピッタリだ。

訪問者の顔は確認できていない。こんな遅い時間の訪問者など周防に違いないとわかっていても、心臓がドクドクと猛スピードで脈打っている。

「す、周防っ？」

困惑の滲《にじ》む声で名前を呼ぶと、身体に巻きついていた腕が離れていった。解放され、大きく息をつく。

そろりと見上げた陽向の目には、どこからどう見てもエリート然とした青年が映った。手足が長く厚みのある長身に深い紺色のスーツ、ブルーグレーのネクタイも様になっている。

そもそもの始まりが自称『犬』だったせいで、周防は陽向の前では学生のようなラフな格好ばかりだった。端整な容姿を引き立てるスーツ姿はこの半年ほどで見慣れたけれど、やはり少しだけ違和感がある。

変に心臓がドキドキするのは、知らない大人の男が目の前にいるような感覚に陥るせいだ。いい年して、人見知りするなど恥ずかしいけれど……。

周防は、視線を泳がせる陽向に「すまない」と短く口にして、一歩後ろに引いた。わずかに苦笑を滲ませて、両手を肩口まで上げる。

「あまりにも嬉しかったから……つい」

なにがそれほど嬉しいのか、聞き返そうとして口を噤む。

玄関先だ。周防は戸口に立ったままで上着を脱いでもいないし、陽向はサンダルを引っかけただけで……落ち着いて話をする状況ではない。

「とりあえず、上がって……？」

廊下を視線で指すと、周防は大きくうなずいて玄関に入ってきた。そわそわと落ち着かない様子で靴を脱いで廊下に上がり、陽向に続いてリビングに足を踏み入れる。

「えーと、話って……なに？　あ、お茶かなにか飲む？」

「なにもいらない。座って」

周防に指されたのは、つい先ほどまで腰《こし》を下ろしていた座布団だ。陽向がそこに座ると、周防は畳の上に正座をしてスーツの上着の内ポケットを探った。

改まった仕草で白い紙を差し出されて、恐る恐る手に取る。

「臨床での実証はまだだけど……データでは証明された。あとは、論文を纏《まと》めて臨床試験をして、データに即した結果が出るのを待つだけだ。厚労省の認可が下りるには、少し時間がかかるが」

周防は、『はず』とか『だと思う』といった曖昧な言葉は一切使わず、間違いないという確信を持って言いきった。

英文でのタイトルらしきものや、ズラリと並ぶ化学記号……数字の羅列が意味するものは、陽向には理解できない。でも、これが周防の宣言した『ケジメ』だということだけは、陽向にもわかった。

「…………」

「これで、父親や頭の固い親族を説得する。私でなければできない仕事だ、と……霧島のためにもなるのだと、納得してもらえるまで諦めない」

どう言えばいいのかわからず、ジッと紙面に視線を落として黙り込んでいる陽向に、向かい合った周防が決意を込めた口調で語る。

自信に溢《あふ》れた落ち着いた口調で、自身を『私』と称して理知的に人と接する大人の男。これが、魔法が解けた周防の素の姿なのだろう。陽向が時おり感じていた『犬は犬でも、ワンコの王子様みたいだ』という想像は、さほど間違えていなかったのだ。

陽向の知る周防は『ワンコの王子様』だから、本来の周防とのギャップに戸惑った。

だが、今では『大人の周防』に慣れてしまった。『犬』だと自称してそのように振る舞っていた周防が、幻だったみたいだ。あの時の『ワンコの周防』がいなくなってしまったのだと思えば、少しだけ淋《さび》しいと感じてしまう。

数十秒の沈黙を、どのように捉えたのだろう。陽向が息苦しさを感じ始めたところで、視界の端に映る周防の手がグッと拳《こぶし》を握るのが見て取れた。

「本当は、『霧島』のための薬ではない。苦しんでいる患者さんの症状を少しでも緩和して、楽になったらいい……と、それだけのために着手した研究なんだが」

「周防」

思わず顔を上げた陽向の目に、うつむいて唇を引き結ぶ周防の顔が飛び込んでくる。

それは、一ヵ月の同居生活で陽向の記憶に刻まれた無邪気な『周防』の顔でも、メディアを通して目にする自信に溢れた紳士的な『霧島周防』の顔でもなかった。

自身へのもどかしさと、迷いと……結果が出せた喜びと。

相反する様々な感情が複雑に交錯した、きっとこれこそが『素』の表情だ。取り繕うことなく、本来の周防を陽向にさらけ出している。

見えていても触れ合うことのない、違う世界の人だと自分に言い聞かせて、透明な壁を勝手に作っていた。周防は強引にその壁を壊すこともできたはずなのに、陽向が自ら取り払うのを待って……ただ、自分が為すべきことに向き合った。

この半年、一度も陽向に触れようともしなかったのに……。

つい抱き締めた、という先ほどの玄関先でのことだけで、どれだけ周防が一生懸命だったのか、この『ケジメ』の成果が見事なものなのか、想像することはできる。

そして周防は、それを必要とする人のために取り組んでいたのに、自らの目的に利用する形となったことに自責の念を感じている。誰も、そんなふうに責めなかっただろうし、黙っていればわかるはずもないのに。

潔癖というより、崇高とも言える精神は……育ちや血統ではなく、周防自身の性質だ。憲司が苦い顔で『性格的に霧島って家の継承には向いてないだろ』と零《こぼ》した言葉の意味が、なんとなくわかる。

今の周防を前にして、雨に濡《ぬ》れ、路肩に座り込んでいる犬のようだ……などと、そんな連想をするのは、陽向だけに違いない。

かすかに記憶に残る、出逢いの場面が思い浮かぶ。あの時も……今も、淋しそうで可愛くて、手を差し伸べずにはいられない。

周防が『霧島』の名前を持つことにこだわって手を取らないなんて、バカなプライドだ。

不意に、なにかが剝《は》がれ落ちたみたいだ。

ここで陽向が周防にかけるべき言葉は、一つしか思い浮かばなかった。

「周防はすごいね。おめでとう」

シンプルな、たったそれだけの言葉だったけれど……スッと顔を上げた周防は、子供が一等賞のメダルをもらったかのような誇らしげな微笑を浮かべてうなずいた。近寄り難いほど端整な容貌と無防備に近い笑みとのギャップに、トクンと鼓動が跳ねた。

「ありがとう。……っ、やっぱり陽向が好きだ」

ギュッと両手を握り締められて、ビクッと肩を揺らしてしまう。

そんな陽向の反応に手を引くかと思った周防は、予想に反して自分の手の中に握り締めたまま言葉を続けた。

「改めて、言わせてください。陽向が好きだ。陽向は？」

咄嗟《とっさ》に答えられなくて、奥歯を嚙んだ。周防は、陽向から目を逸らすことなく……瞳に真《しん》摯《し》な色を浮かべて真っ直ぐに見詰めている。

心臓が、忙しなく脈打っているのを感じた。耳の奥で、ドクドク響き……血液が全身を駆け巡っている。指先までジンジンと痺《しび》れているみたいだった。

握られた手からは、周防の緊張が伝わってくる。返答を急かすことなく、根気強く待ってくれていて……でも、黙り込むことで逃げを図るズルい陽向を許してくれない。

上手《じょうず》な言葉でなくてもいい。周防が真っ直ぐ向かい合ってくれているのだから、陽向も思うがまま、正直に答えようと決めてスッと息を吸い込んだ。

「僕は、つまらない人間だよ。周防も知ってるだろうけど、取り柄なんてなにもないし……一緒にいても、楽しくないでしょう？　周防みたいな人に好きって言ってもらえる理由が、本気でわからないんだけど」

周防に惹かれていることを認められない一番の理由は、これだ。自分に自信がないから、好きだと告げてくれる周防に応えられない。

陽向から見れば、周防は『王子様』そのものだ。端整でノーブルな外見だけでなく、大らかで屈折したところのない……口の悪い憲司曰く『バカ正直』さも含め、誰もが魅力的だと認めざるを得ないだろう。

それがどうして、自分なのだ？

不釣り合いだと、誰に言われるまでもなく陽向自身が一番よくわかっている。周防が太陽なら、自分は恋い焦がれるように振り仰ぐ向日葵《ひまわり》だ。頭上に輝く太陽が見えなくなれば頭を垂れ、そのうち枯れてしまう。一度でもまぶしい太陽を仰ぎ見て、あたたかな光を与えられ……それを失くしたら。そんな想像をするだけで、今すぐ枯れてしまいそうだ。

うつむき、周防から顔を隠す。きっと今の陽向は、卑屈な言葉そのままに、みっともない表情になっている。

陽向の手を握る周防の指に、ギュッと力が込められた。

「傍《そば》に陽向がいるだけで、安心できる。誰と一緒にいるより、穏やかで優しい気分になれるんだ。それが理由じゃ……だめなのか？　好きという言葉を、信じてもらえない？」

淋しそうな声で返してきた周防に、どう言えばいいのかわからなかった。

こんなふうに、真正面から『好き』と……好意を寄せられたのは、初めてなのだ。

顔を上げることもできずにいると、握り込まれていた手が唐突に解放された。そうして周防のぬくもりが去ったことで、急激な寒さに襲われて小さく肩を震わせた。

受け入れる勇気がないくせに、離れていくと淋しがるなんて……勝手極まりない。ますますうつむこうとしたところで、

「陽向」

短く名前を呼んだ周防に、目元を覆い隠している眼鏡を取り上げられた。両手で頭を挟み込み、顔を背けられないように固定される。

「あ……」

「目を逸らすな」

低い声で、たった一言。でも、その一言で陽向は金縛りにあったかのように動きを止めた。

真っ直ぐに陽向を見詰める周防の目から、逃げられない。

陽向と視線を絡ませた周防は、懸命に言葉を続ける。

「私は、生まれた時から進むべき道が決められていて、望みを持ってはいけなかった。どうせ手に入らないのだからと、最初からなにもかも諦めていた。でも……陽向だけは特別だ。どうしても、諦められなかった。定められたまま『霧島』を継承することに疑問を持ったのも、敷かれたレールから外れようと思ったことも、初めてだった。酔っ払っていた陽向は憶えてないかな。恋とか愛ってなに？　って聞かれた時、わからないって答えたけど……今はわかるよ」

恋とか愛って、なに？

それは、プロポーズを一蹴された時に陽向に突きつけられた疑問だった。

陽向には、わからなかった。周防も、尋ねた時は答えをくれなかった。

でも……今は？

周防が導き出したという答え。それと、陽向の胸の内側でグルグル渦巻いている、熱くて苦しくて、でも愛《いと》おしい……言葉ではうまく言い表せそうにないものは、同じなのだろうか。

「陽向」

「僕……は」

怖い。あまりにも真剣な周防の気迫に、呑《の》み込まれてしまいそうだ。

それなのに、逃げられない。

目を逸らすことも許してもらえなくて、自分がなにを言おうとしていたのか、なにを言うべきなのかもわからなくなる。

泣きたいような頼りない気分で唇を噛んでいると、周防がうなずいた。

「……わかった」

「え？」

唐突な言葉の意味を図りかねて、陽向は目をしばたたかせる。

わかった？　なにが？

「陽向には、頭で考える時間をあげないほうがいいんだ。嫌なら、蹴っても殴ってもいいから……逃げて」

逃げて、と言いつつ……逃げられない強さで陽向を両腕の中に抱き込んでいる。

もぞもぞと身動《みじろ》ぎをした陽向は、しどろもどろに言い返した。

「す、周防っっ。それ、ズルい」

「強引でごめん。でも、今の私は……なんだろう、変に気分が高揚してるみたいで、空を飛ぶこともできそうだ。怖いのは、陽向に本気で嫌われることだけかな。だから、本当に私を拒んでるって教えてくれたら引くよ」

……ズルいのは、陽向のほうか。強引に引き寄せられて逃げそびれた、という言い訳を周防にもらっている。

そんな思いが伝わったかのように、強く抱き込んでいた周防の手から力が抜けた。陽向が身体を離そうとしたら、容易くこの腕から抜け出ることができるように。

「周防」

周防がどんな表情をしているのか確かめたくて顔を上げると、周防は、ピクッと肩を震わせる。

無言で陽向を見下ろす目には、かすかな不安が滲んでいた。強引な手段に出る、などと宣言したくせに……傲慢になりきれないあたりは、やはり周防だ。

でもそれは、陽向に嫌われることを怖がっている臆病さのせいではない。利己的な理由ではなく、思いやりという優しい理由だと、いくら鈍感だと憲司に嘆息される陽向でもそれくらいはわかる。

これ以上逃げ回り、周防にばかり言葉を求めるのは本当にズルい。ただでさえ、周防が努力していたあいだ陽向はジッと待つしかなかったのだ。

周防が手を差し伸べてくれるのを待つばかりでなく、陽向も歩み寄らなければならない。

コクンと喉《のど》を鳴らして、ゆっくりと口を開いた。

「周防……が、こんな僕でもいいなら。一緒にいてください、ってお願いするのは、僕のほうだ。願いを、叶えてくれる？」

自称『犬』の周防が繰り返し求めてきた『望み』を、今ここで持ち出したと、明確に伝わったらしい。

陽向がこんなふうに言い出すのは意外だったのか、周防は目を瞠《みは》った。数秒の間があり、我に返ったように瞬きをすると大きくうなずく。

「……もちろん。そんな、簡単なことでいいのか？」

「周防にとっては、簡単じゃないとわかってる。それに……周防にしか、できないことだ」

今度は、陽向のほうから周防の手を握る。

緊張で小刻みに震えているのがみっともないと思うのに、抑えられない。でも、周防が嬉しそうに笑ってくれるから……自分の恥ずかしさなど、どうでもいいか。

「嬉しい。大好きだよ、陽向。好きで……好きで、こんな感情が自分の中にあるなんて、知らなかった。教えてくれて、ありがとう」

陽向の手を握り返した周防は、自然な仕草で口元に持ち上げて指先にキスをする。

こんな仕草を躊躇いもなく自然とできる部分は、やはり『王子様』みたいだ。

恥ずかしくて、顔が熱い。うつむいて周防の目から逃げてしまいたい。でも、陽向も周防に言わなければならないことが、まだ残っている。

「ありがとう、は……僕のセリフだ。周防が来るまで、淋しいってことも知らなかった。知らずにいたかった、って恨みがましく思ったこともあったけど、独りが淋しいから……一緒にいたらこんなに嬉しい、ってわかった。だ……大好き、だよ」

ぎこちない『大好き』を口にした瞬間、限界が来た。深くうつむいて、火を噴きそうなほど熱い顔を周防の目から隠す。

恥ずかしい。恥ずかしい。周防は「好きだ」とサラリと口にしていたのに、こんなに恥ずかしいなんて……。

「っ……陽向、ごめん」

感情を抑え込んだような低い声で謝られて、ビクッと身体を強張らせた。

なにか、間違えたのだろうか。焦《じ》らした挙句、あまりにもみっともない『大好き』だったから、幻滅された？

「な、なに……が、ぁ」

ごめんの意味を聞き返そうとしたところで、頭を抱え込むようにして唇を重ねられた。言いかけた言葉が、周防の唇に吸い取られる。

陽向が硬直していることはわかっているはずなのに、周防は傍若無人の一歩手前といった強引さで舌を潜り込ませてきた。

陽向は、なにをどうすればいいのか戸惑うばかりで、震える手を握り締めるのがやっとだ。

「ッ、ン……、ぅ」

息が苦しい。絡みついてくる周防の舌が……熱い。でも、逃げたいとか嫌だとは微塵《みじん》も感じない。もっと、もっと……周防とくっついていたい。

未知の衝動に惑い、周防の肩に手をかけた。しがみつこうとしたところで、唐突に口づけから解放される。

「ごめ、ん。強引に……して。陽向があまりにも可愛いから、身体が勝手に動いた。少しだけ、時間をくれるか？　色々……落ち着かせるから」

ギュッと陽向を抱き締めた周防が、深呼吸を繰り返す。密着した胸元から激しい鼓動が伝わってきて、陽向の動悸《どうき》と共鳴しているみたいだ。

スッと息をつき、そろりと両手を上げた陽向は周防の背中を抱き返した。その瞬間、強い口調で咎《とが》められる。

「陽向っ。悪いが、それは挑発と受け取るぞ」

「……いい、よ。僕は、そのつもり……だから」

顔を見せられないから、周防の背中を抱く手に力を込める。

周防が欲しい、と。他人のぬくもりを求める……こんな衝動が、自分の中に眠っていたなんて知らなかった。

これが周防に対する想いから生まれるものなら、確かに彼女に対する感情は恋とか愛と呼べるものではなかった。憲司以外の、それも異性の親しい友人という存在を、勘違いしただけだ。

「陽向……今の私は、際限なく調子に乗りそうだから、そんなふうにしたら」

伝えた。

「ううん。いいんだ」

微笑を滲ませてうなずいた陽向は、周防の背中を抱く手に力を込めて、言葉に嘘《うそ》はないと

伝えた。

間接照明だけを灯《とも》した薄明かりの中、もたもたと着ているものを脱ぐあいだ、周防の顔が見られなかった。

目を逸らし続け……うつむいて、自分の膝元《ひざもと》を目に映す。視界の隅に映る周防の身体も、まともに見られない。

「ッ！」

素肌に触れられた途端、肩を震わせて身体を強張らせてしまった。そのせいか、遠慮がちに尋ねてくる。

「陽向、怖い？」

陽向は、嫌がっていると誤解されて肩にある周防の手が離れていかないよう、自分の手を重ねてポツポツと答えた。

「そうじゃない。想像がつくと思うけど……僕、その……こういうの経験なくて、なんか、頭の中ゴチャゴチャになってて……どうしたらいいのか、わかんないだけだから。周防は悪

くないし、怖いわけでもない」

怖いのは、周防ではなく自分自身だ。

変な反応をするのは周防のせいではないと言い訳しているあいだも、自分がなにを言っているのかわからなくなりそうだった。

布団に正座した陽向は、向かい合って同じように座っている周防を恐る恐る見上げる。

「引く……よね」

二十歳《はたち》をいくつも過ぎた男が、年若い少女のように戸惑っているのだ。陽向自身も、不気味だと感じるのに……周防は微塵もバカにした表情を見せることなく、真顔で目をしばたたかせた。

「引くって、なにが？　私の頭の中を、見せてあげたい。天使がラッパを吹きながら、飛び回っている。やった、陽向は私だけのものだ……って」

「す、周防」

冗談……ではなさそうだ。周防は、終始大真面目だった。

天然チャン、という言葉が脳裏を過《よぎ》り、途端に身体から余計な力が抜けた。

そうだ。周防は、こういう人だ。天然というよりも、根っからの王子様なのだ。陽向がどれだけみっともない姿を見せても、絶対に笑ったり呆《あき》れたりしないと、信じられる。

「陽向、全部……私のものにしてもいい？　誰も知らない……陽向も知らない陽向を、私だけに見せてくれる？」

「……うん」

うなずいて、肩のところにある周防の手を胸元……その下にまで誘導した。背中を支えながらゆっくりと布団の上に横たえられて、なんとか身体から力を抜く。

「ッ、ん……」

膝を左右に割られて、羞恥《しゅうち》に唇を嚙んだ。それでも、嫌がっていると周防に誤解されたくなくて、逃げ腰になる自分を「動くな」と叱咤《しった》する。

「触るよ」

「も、いちいち予告するなっ。恥ずかしくて、答えられない。全部、周防の思うようにしていい、から」

「……わかった」

羞恥のあまり上ずった声で言い放った陽向に大真面目な調子で答えた周防は、無言で陽向の身体に手を這《は》わせる。

「あ、ぁ……ン、ゃ……っぁ」

息遣いと手足がシーツの上を滑る音、そんなものがやけに大きく聞こえて、しゃべるなと抑えつけたことを後悔した。

メチャクチャに勝手だ。でも、もう……なにを考えればいいのか、手を……どこに置けばいいのかも、わからない。

「陽向、可愛い」

「ッ……バカ、ぁ……‼」

初めて他人の手に与えられる快楽と、例えようのない恥ずかしさ。そんなものに惑う陽向は、間違いなく変な顔をしているはずだ。それなのに、可愛いと言う周防の声だけが、やけに明瞭に聞こえる。

「ごめん、陽向。本当に、勝手する……けど」

「ぁ！　ッ……、ぃ、いい、って言ったろ。僕だって、なにも知らないわけじゃ、な……い」

実体験はなくとも、知識だけはそれなりにある。ただ、我が身で実践するなど想像したこともなかっただけで……。

怖くないと言えば嘘だけれど、周防だからなにもかも明け渡すことができるのだ。

途切れ途切れにそれらを伝えて、最後にすべての理由をつけ足す。

「言った、だろ。大好きだよ、周防。だから……」

「陽向。陽向……ひなた」

まるで、陽向の名前しか言葉を知らないかのように口にしながら、強く抱き竦《すく》められる。

膝を強く摑み、これまで以上に大きく割り開かれた。その体勢に羞恥を覚えるより早く、周防が身体を重ねてくる。

「ア……、ぁ！」

グッと喉を逸らして、息を呑んだ。

知識と、想像と……予想と、実体験。それらの違いに、『好き』だけで容易く受け入れられると考えていた自分の甘さを突きつけられる。

身体の内側に、灼熱《しゃくねつ》の塊がある。全身を焼かれるみたいで……息が、できない。

「っ、ぅ……ぁ、すお……」

苦しさに耐えかねて、ギュッと閉じていた目を開いて弱音を零そうとしたところで、喉元まで込み上げてきた「嫌だ」とか「無理」を呑み込んだ。

周防が、熱を帯びた潤む瞳で陽向を見ている。陽向より苦しそうで、でもギリギリのところで情動を抑えようとしているのがわかって……。

「ごめん、苦しい？　陽向」

「……いじょうぶ、だから」

苦しくて、もうダメだ……と思っていたはずなのに、口から出たのは正反対の言葉だった。

そっと手を上げて周防の眉間に刻まれた縦皺《たてじわ》を指先でなぞり、熱い頬を包み込むように触れる。

「陽向……っ」

陽向の手を掴み、頭の脇に押さえつけるようにして唇を重ねてくる。理性の手綱《たづな》を手放し、衝動のまま……陽向を貪《むさぼ》りつくそうとしている。それが、何故《なぜ》か泣きそうなくらい嬉しい。

「あっ、ぁ……っっ、ん、う」

きちんと伝えたいのに、意味のある言葉にならなくて。

汗でじっとりとした熱い背中を強く抱き締めることで、精いっぱい想いを伝えた。


「朝……だ」

「ん、朝になっちゃった……ね」

障子越しに、外が薄明るくなっているのがわかる。眠るのがもったいなくて、向かい合って布団に横たわった周防とポツポツ話しているうちに夜が明けてしまった。

「植物園のこと、私に任せてもらえる？　守りたい、っていうのは本当なんだ」

「それは……わかってるよ。突っぱねていたのは、僕の意地だ」

「じゃあ」

「その前に、一つだけ条件があるんだけど」

「うん」

改まった声で切り出した陽向に、周防の顔に緊張が走る。

なにを恐れているのかと、頬が緩みそうになるのをなんとか抑えて、続きを口にした。

「くたびれていたり、柵が壊れていたり……修理が中途半端なんだ。それらがきちんと整わないと、お願いしますって所有権を譲れない」

「……不格好な直し方でも、いいか？　プロの手が入ったほうが絶対に見栄えはいいけど、業者に託したくない。あれは、陽向がくれた私の役割だ」

「僕も、一緒に作業するよ。手伝ってもいいかな？」

「もちろん。あっ、でも……怪我、しないように」

陽向の手を握り、指先にそっと唇を押しつける。

それは、陽向のセリフだ。慣れない道具に四苦八苦して、傷だらけになっていたくせに。

ワンコの王子様は、『ワンコ』が取れてもやはり『王子様』なのだろうか。

いや、魔法が解けて、本来の姿に戻っただけなのかもしれない。

メルヘンチックな想像にやわらかな笑みを浮かべた陽向は、くすぐったい幸福感に包まれて周防の胸元に頭を寄せた。

あとがき

こんにちは、または初めまして。真崎ひかると申します。『魔法のリミット』をお手に取ってくださり、ありがとうございました！

本人たちは常に大真面目ではあるのですが、なんとなく、すごく変？ という人たちになってしまったような……気がします。「おいおい」とツッコミを入れつつ、ちょっぴりでも楽しんでいただけましたら幸いです。


中身は微妙におかしな人たちですが、相葉キョウコ先生にとても綺麗で格好いいビジュアルをいただきました。カバーの犬耳&尻尾イメージ周防が、男前なのに可愛くて幸せです。眼鏡っ子な陽向もキュートでした。本当にありがとうございます。

今回も、大変お世話になりました担当Hさま。手のかかる人間ですみません。ありがとうございました。

ここまで読んでくださり、ありがとうございます。また、どこかでお逢いできますように。

二〇一三年　今年も霜焼けの季節到来です　真崎ひかる

✦初出　魔法のリミット……………書き下ろし
魔法が解けても……………書き下ろし

真崎ひかる先生、相葉キョウコ先生へのお便り、本作品に関するご意見、ご感想などは
〒151-0051 東京都渋谷区千駄ヶ谷 4-9-7
幻冬舎コミックス　ルチル文庫「魔法のリミット」係まで。

幻冬舎ルチル文庫

魔法のリミット

2013年12月20日　第1刷発行

✦著者	真崎ひかる　まさき ひかる
✦発行人	伊藤嘉彦
✦発行元	株式会社 幻冬舎コミックス 〒151-0051 東京都渋谷区千駄ヶ谷 4-9-7 電話 03(5411)6431［編集］
✦発売元	株式会社 幻冬舎 〒151-0051 東京都渋谷区千駄ヶ谷 4-9-7 電話 03(5411)6222［営業］ 振替 00120-8-767643
✦印刷・製本所	中央精版印刷株式会社

✦検印廃止

ISBN978-4-344-83007-3　C0193　Printed in Japan